오이디푸스의독백

오이디푸스의 독백

강준 소설

문학나무

권위주의 시대 이후의 자화상

흔히 7080세대라 불리는 사람들은 군사정권의 통제 아래 국민교육헌장을 외우며 학도호국단을 체험하고, 5·18민주화운동과 6·10항쟁으로 인한 평화적 정권교체기를 겪었다.

그들은 식민사관에 충실한 역사를 교육받았고, 상명하복의 수직적 질서 존중이 미덕임을 체화하며 성장했다.

그러나 그들은 민주화시대에서 청춘을 보낸 사람들, 자식 세대와는 많은 갈등에 부딪힌다. 수직사회가 수평사회로의 전환과정에서 생겨난 세대 간, 계층 간 갈등이다. 권위주의와 평등이라는 가치관, 집단의식과 개인주의라는 지향 차이가 동인이다.

권위주의 세대의 사고방식은 민주화 세대에겐 용납되지도, 허용될 수도 없다.

공자 이래로 추앙받아온 충효 이념과 기독교적 평등사상의 상충 대립은 부모와 자식 간에도 많은 분란과 불화를 일으키고 있다.

극심한 가치관의 혼돈에 직면한 현재 우리 시대의 자화상이다.

시대의 아픔을 보듬고 어둠을 지키는 파수꾼이어야 한다는 거창한 소명의식이 아니어도, 시대의 화두를 담아내야 하는 것은 작가의 의무요 본분이다.

불신, 불화와 불통이 인간관계를 가로막고 있는 세태에서 화해와 사랑의 가치를 찾고자 했다. 살아온 삶에 대한 성찰과 반성은 각자의 몫이다.

이번에 묶는 여덟 개의 단편은 증평 21세기문학관, 원주 토지문화관 등지에서 집필했고, 이천 부악문원에서 최종 정리했다.

부족한 작품에 해설을 달아준 평택대 명예교수 이덕화 평론가님과 흔쾌히 편집을 맡아주신 소설가 황충상 주간님, 그리고 교정을 담당한 박근 씨에게 감사의 말씀을 드린다.

2019년 6월
이천 부악문원에서
강준

차례

타자의 얼굴

휴일 밤, 서재의 전등을 끌 때면 책상 위에 쌓여 있는 책들에 마음이 쓰이곤 했었다. 오늘은 새벽에 일어나 약속한 원고를 마감하여 넘기고 채권자처럼 자리잡은 책들을 검열했다. 동료 문인들이 보내온 책장을 열면 묘한 흥분이 일었다. 옛 영화 속 노예시장에서 구릿빛 근육질의 노예, 발가벗겨 세워 놓은 여자 노예의 육신을 살피는 장면이 연상됐다.

선택할 수 있는 권리. 작가는 의무처럼 책을 발간하지만 읽는 건 독자의 권리다.

시간 절약과 읽어야 하는 고역을 덜기 위해 사전 검열을 했다. 서문과 몇 페이지 간을 보고서 끝까지 읽을 만한 것과 버릴 것을 구분하며 책들을 정리했다. 어떤 책들은 저자의 이름만 보고 개봉도 않은 채 미련 없이 버렸다. 휴지통에 버려진 책들을 보면서 남들에게 내 인생도 저런 모습이 아닐까 생각하니 쓴웃음이 나왔다. 그러나 인연과 만남은 꼭 내가 선택할 수 있는 것만은 아니다.

그렇게 정리하는데 도서관에서 대출받아 온 『생은 다른 곳에』가 손에 잡혔다.

밀란 쿤데라를 처음 만난 것은 대학 시절이었다. 시국이 어수선하던 때 『참을 수 없는 존재의 가벼움』이라는 책을 흥미 있게 읽은 적이 있었다. 그런데 도서관에서 우연히 그의 소설이 눈에 띄었다. '모든 젊은이의 내면에, 모든 시대와 정권 속에 그것이 존재한다.' '서정 시대란 젊음을 의미한다'라는 서문 속의 문장을 읽고 폭풍 같은 대학 시절이 떠올라 선택한 책이었다. 그런데 첫 장도 넘겨보지 못한 채 일주일을 다른 책들 속에 가두어 둔 꼴이 됐다.

의자에 깊숙이 기대어 주인공 야로밀의 기이한 행동의 추이를 주시해 가며 독서삼매에 빠졌는데 노크도 없이 아내가 불쑥 들어왔다.

"국수 삶아 놓았으니 애들 교회에서 돌아오면 같이 먹어요."

나는 나쁜짓을 하다 들킨 애처럼 화들짝 놀라며 일어섰다. 아내는 외출복 차림으로 서서 내 당황하는 반응에 의아한 눈길을 보냈다.

"왜 그리 놀래요? 야한 책이라도 보는 거야?"

"아니 노크라도 해야지. 어디 가는데?"

"외삼촌 입원해서 오래됐다는데 병문안 가요."

외삼촌이라는 말에 오싹 소름이 돋았다. 순간 미간이 당겨지며 큰소리가 나왔다.

"거긴 뭐하러 가?"

"왜 역정이에요? 엄마 못가니 대신 다녀오라는 부탁을 받았어. 같이 갈래요?"

"지금 누구 약 올려? 내가 그 인간을 왜 봐?"

"간암 말기라 오래 살지도 못할 거래요. 이젠 용서해요. 외삼촌 그냥 가버리면 결국 당신만 손해에요."

나는 확인시키듯 절뚝이는 발을 한 발짝 앞으로 내디뎠다.

"이렇게 병신 만들어 구만리 같은 인생 망쳐 놓은 놈을 용서하라고? 그놈 죽었단 소문이라도 들으면 마음이라도 후련하겠다."

"당신 편해지는 방법을 택해요. 이젠 당신이 갑이잖아요."

내가 조인택이라는 짐승을 만난 건 전두환 군사독재 타도를 외치며 민주화운동이 한창이던 대학 3학년 때였다. 당시 박종철 고문치사사건이 일어난 직후라 시위는 격렬하게 정점을 향해 치닫고 있었지만 난 연극에 빠져 있었다.

식품공학과를 다니면서 1학년 겨울 방학에 연극반에 들어갔다. 교양강좌를 들은 게 계기였다. '예술가는 성스러운 궁전의 성화를 지키는 전사다.'라는 '25시'의 작가 게오르규의 말이 운명처럼 내 마음을 움직였다.

당시 젊은 지성은 시대의 정의를 지키는 파수꾼이 되어야 한다는 교조주의적 물결이 대학을 휩쓸고 있던 때였다. 6월 항쟁의 전리품으로 직선제 개헌을 이루어내면서 시위가 점차 사그라들자 대학 내에서는 보이지 않은 갈등이 움트고 있었다. 최루탄에 맞서 싸우지 않은 놈들과는 정의와 조국을 논하지 말라는 말로 시위에 참여하지 않은 학생들을 경멸했다.

'직선 쟁취, 독재 타도'를 외치며 거리로 나서야만 지성의 역할을 다하는 것인가?

'연극을 통해서 시민들을 각성시키는 것은 시대의 정의를 전파하는 일이다'는 선배들의 말에 공감하며 자부심을 느꼈다.

전통이 오래된 대학 연극반은 주로 시대를 풍자하는 대본을 공동창작했다. 교내 공연 후에는 대학가를 순회공연하여 대학생들에게 대단한 호응을 얻었다. 연극 연습은 강의가 끝나고 각자 개인사를 처리한 후 저녁 7시부터 이루어졌다.

연습이 늦게 시작되다 보니 끝나는 시간도 학교 앞 마지막 버스가 출발하는 시간에 맞춰졌다. 연출과 주인공은 주로 선배들 차지였는데 3학년이 되자 내게도 연출할 기회가 생겼다.

최루가스 분말이 피부에 와 닿을 듯 기분 나쁜 바람이 부는 날이었다.

주말 S여대 순회공연을 준비 중이었는데 주인공 배역을 맡은 두 명이 급한 볼일이 있다고 빠졌다. 게다가 휴가 나온 연극반 동기가 찾아와서 회식하자기에 연습을 취소했다. 그는 군인임에도 머리 기르고 말쑥하게 신사복을 입고 있었다.

저녁 시간이 지난 학교 앞 갈빗집은 한산했다. 막걸리 마시며 웃고 떠들던 반원들이 하나둘씩 떨어져 나가더니 회식은 곧 파장되었다. 나중에는 그날의 물주 종식이와 둘만 남았다.

종식은 연극반에서 만났지만 한 학기 같이 지내다 입대하는 바람에 속마음을 터놓고 지낼 시간은 없었다. 오랜만에 먹은 술이 바깥 찬 공기를 만나 트림과 함께 취기를 만들어냈다.

"오늘 지갑 다 털렸지?"

"승우야. 이 정도는 아무것도 아니다. 우리 아버지 부자 아니가?"

그의 말에 농사일이 안 되어서 등록금 걱정하는 부모님 얼굴이 스쳤다. 그도 소리 내며 연신 트림을 해댔다.

"속 괜찮니?"

"영양보충 충분히 해서 끄떡없다. 한 잔 더 할래?"

"군바리 술 얻어 마셨으니 2차는 내가 쏘아야지."

마주 보이는 주점으로 들어갔다. 파전이 맛있다고 소문난 집이었다. 늦은 시간인데도 손님들이 꽤 있었다. 술을 앞에 놓고 불안한 정국을 걱정하는 얘기를 했다. 시국이 불안해서 군대 생활이 더 엄격해질 것을 걱정했는데 오히려 종식이 나를 위로했다.

"그보다 연출 입봉하는 니가 걱정이다. 요즘 애들 이기적이라 말도 잘 안 듣지?"

"어쩌겠어. 언제는 편하게 연극한 적 있었냐? 걱정 마라. 역사와 전통에 똥칠하지 않을 테니."

"내가 옆에서 도와줘야 하는데 미안하다. 실은 내 연극 하는 거 반대해서 우리 아버지가 억지로 입영신청 해버렸다. 승우야. 미안하다. 정말 미안하다."

그는 미안하다는 말을 여러 번 했다. 취해서 그런가 보다 생각했는데 그 말의 의미를 곧 알게 됐다.

종식이와 헤어지고 뒤뚱거리는 몸을 가누며 하숙집 골목으로 들어서는데 누군가 갑자기 뒤쪽 허리띠를 잡아 올렸다. 바지가 엉덩이에 끼면서 달라붙어 다리를 움직일 수 없었다.

"박승우. 맞지?"

처음 듣는 목소리에 당황하며 돌아보니 벗겨진 머리에 등치 좋은 사내였다. 갈빗집에서 그리고 파전집에서 우리 뒷자리에 혼자 앉아 막걸리를 마시던 가죽 잠바였다. 자주 본다는 생각은 했지만 나를 미행했을 줄이야. 버럭 겁이 났으나, 무대 위의 주인공처럼 차분한 목소리로 말했다.

"맞는데. 누구세요? 이거 놓고 말로 해요."

"양손 앞으로 내밀어."

위압적인 목소리에 눌려 손을 내밀자 그는 수갑을 채웠다.

"왜 이럽니까? 내가 무슨 잘못 했는데요?"

그는 한 손으로 수갑을 잡고 내 얼굴을 냅다 후려갈겼다. 얼떨결에 당한 몸이 무중력을 느끼는 순간 땅바닥에 나뒹굴었다.

"잘못? 이 빨갱이 자식아. 전두환이 어떻고 시국이 어떻고 정부 비판했잖아? 여기 다 녹음됐어."

타자의 얼굴

그는 주머니에서 휴대용 녹음기를 내미는 척하다가 도로 집어넣었다. 그때야. 며칠 전 하숙집에 들러 나를 찾았다는 짭새라는 걸 알았다.

"너 잡으러 며칠을 쫓아다닌 줄 알아?"

난 그를 노려보며 일어섰다.

"눈과 귀가 있는데 말도 못 합니까?"

"이 빨갱이 새끼가 말이 많네."

그놈이 다시 손을 들어 나를 치려고 하자 반사적으로 두 팔이 방어 자세를 취했다. 그러자 발길이 날아와 내 가슴을 찍었다. 숨이 턱 막혔다.

"넌 데모질 몰려다니는 놈들보다 더 악질이야. 개새끼야."

그는 대기해 둔 지프차에 나를 태우고 한참을 달려 어딘지도 모른 곳으로 데리고 갔다.

그의 손에 붙들려 정보1과 팻말이 있는 사무실로 들어가니 티브이를 보던 형사 하나가 나를 쳐다보며 빙그레 웃었다.

"조 형사, 드디어 한 건 했구만."

"지가 날아봤자 부처님 손바닥이지. 흐흐흐."

조 형사는 낄낄거리며 나를 창문도 없는 방에 가두었다. 변기가 있고 욕조가 있어서 화장실인 줄 알았는데, 한쪽에 책상과 의자가 있고 벽에는 전기장치와 몽둥이들이 늘어서 있었다. 몸에 전류가 흐른 듯 찌릿했다.

잠시 후 잠바를 벗은 그가 서류를 들고 들어와 책상 위에 던졌다. 난 얼결에 벌떡 일어섰다. 웃음을 흘리며 다가온 그가 내 턱과 머리를 잡고 홱 비틀었다. 순간 목이 부러지는 줄 알았다. 억하고 비명을 지르며 허리를 구부렸는데 욕과 함께 그의 발길이 사정없이 날아와 몸에 박혔다. 갈비가 부러진 듯한 고통과 함께 코에서 뜨거운 액체가 흘러내렸다. 코를 문지른 손등에 선혈이 뚝뚝 떨어졌다. 그는 가쁜 숨을 고르며 책상 위에 있는 두루마리 화장지를 내 앞에 던졌다.

"너 이곳으로 끌려온 거 아무도 몰라. 너 죽이고 산속에 가져다 파묻어버리면 쥐도 새도 모르게 이 세상과 하직한단 말야. 알아? 이 새끼야."

그는 기선을 제압하려고 엄포를 놓았다. 코피를 닦으면서도 부르르 몸이 떨렸다.

"죽고 싶지 않으면 순순히 불어."

"도대체 뭘 불라는 겁니까?"

"너 공작금은 얼마나 받았어?"

"지금 무슨 말씀 하시는 겁니까?"

"어차피 넌 반정부단체 결성, 국가 전복 모의, 시위 선동 등 내란음모죄로 중형을 살게 돼 있어."

타자의 얼굴

"근거 있어요?"

"이 새끼가 죽고 싶어 쌩가나? 연극하는 놈들 죄다 빨갱이 야. 공산당 국가에선 연극 통해 인민들 선동하는 거 몰라? 네 가 소속된 그 연극반이 반정부단체고 공연내용이 선량한 시 민들 선동하는 거고. 결국, 목적이 국가 전복 아니고 뭐야?"

"절대 그런 목적 아닙니다."

"아니긴 임마. 전기 맛을 봐야 실토할 거야? 너 김기동이 만난 적 있지?"

고향 선배인 그가 지난번 공연 때 극장으로 찾아온 일이 생 각났다.

"예. 공연 때 만난 적 있습니다."

"좋아. 헌데 그 새끼가 주사파 골수 데모 주동자라는 것 알 지? 그에게 자금 얼마나 받았어?"

"자금이라니요? 공연 축하한다며 꽃다발 받은 게 전붑니 다."

그는 책상 위 서류철을 들고 눈앞에서 흔들더니 내 머리를 후려쳤다.

"이 새끼가 누굴 곰탱이로 아나? 공연 제작비 출처를 다 알 고 있는데 어디서 거짓말이야. 그게 북에서 넘어온 공작금이 라고 임마. 그리고 예술 공연하던 단체를 네가 들어가서 정부

비판하는 내용으로 바꿔놓았잖아? 이 빨갱이 자식아."

"우린 예전부터 공동창작해 왔어요."

"내가 심심해서 너랑 노는 줄 알어? 우리 정보원이 샅샅이 조사했어. 임마."

그때야 종식이 사복을 입고 학교에 나타난 이유를 알았다. 많은 대학교에 프락치를 심어 놓았다는 소문이 쫙 퍼진 때였다.

그때 당한 고문은 생각만 해도 몸서리났고, 화인처럼 생생한 아픔은 오랫동안 나를 괴롭혔다. 욕조에 담그다 싫증 나면 몸에 전류를 통하게 해서 하루에도 여러 번 실신했다. 양팔, 양다리를 묶고 책상 위에 무릎 꿇려 세워 발바닥과 허벅지를 몽둥이로 무수히 때렸다. 참지 못해 책상 밑으로 떨어지기 일쑤였다. 반복해서 떨어지다 보니 얼굴과 무릎이 까지고 상처가 덧나 곪아터졌다. 그건 참을 수 있었지만, 밤이면 무릎이 칭칭 쑤셔서 잠을 이루지 못했다.

결국, 고문에 못이기여 거짓 조서에 서명했다. 그때야 조사자가 조인택이라는 것을 알았다. 재판정에서 고문에 의한 자백이라고 항변하고 항소까지 했으나 1년 6개월 형을 받고 복역했다. 형무소 안에서는 시국사범이라고 교도관에게 사주를 받은 놈들에게 무수히 얻어맞고 왕따를 당했다.

형기를 마치고 나왔을 때는 쑤시던 오른쪽 무릎 관절이 고장나서 걸을 수 없게 되었다. 수술했으나 결국 절름발이가 되었다.

다니던 학교에 가 보니 연극반은 해체되었고 나는 퇴학 처리가 되어 있었다. 취직하려 했으나 전과자라는 이유로 공무원 시험은 볼 자격조차 안 되었고 중소기업 서류 심사에서도 매번 떨어졌다. 쩔뚝거리면서 막노동판에서 일한 돈으로 근근히 연명해 나갔다. 고문의 악몽은 오랫동안 지속되다가 정숙을 만나면서 빈도가 낮아졌다.

사랑은 섬광처럼 심장을 두드리며 찾아왔다.

하루는 저녁을 막걸리로 때우려고 식당에 들어갔는데 한 무리의 사람들이 연극 이야기를 하고 있었다. 연극이란 말만 들어도 치가 떨렸지만, 좌중을 이끄는 매력적인 그녀가 자석처럼 나를 당겼다.

그녀도 대학 극회 출신으로 동네 문화센터에서 연극을 강의했다. 수료자들을 모아 극단을 만들고 공연 준비를 하고 있었다. 대부분 직장인이나 가정주부들이라 연출은 물론 기획 일이나 포스터 붙이는 일까지 그녀 혼자 하고 있다는 걸 알았다.

일을 공치는 날에는 그녀를 도왔다. 그러나 날씨 궂은날은 삭신이 쑤셔서 약속해놓고도 바깥출입을 하지 못했다. 어느 날부턴가 나를 보는 그녀의 눈빛이 달라져 있었다. 어디선가 내 과거사를 전해 들은 게 틀림없었다. 그런 동정과 애련의 눈빛이 싫어 한동안 그녀 곁을 멀리했다.

그런데 기어코 내 숙소를 알아낸 그녀가 프리지아 꽃다발을 들고 찾아왔다. 눈가에 그렁그렁 물기를 달며 도움을 청하는데 차마 거절할 수 없었다.

그 공연을 성공적으로 마쳤을 때 그녀는 보상인 양 느닷없는 제의를 했다.

"오빠, 친척네 식료품 공장에 사람이 필요한데 일해 보지 않을래요?"

나는 그 말이 믿기지 않아서 심드렁하게 대답했다.

"나를 받아줄 곳이 어디 있어?"

"있어요. 사정 얘기 다 했어요. 오빠 전공과도 맞고."

마음 써주는 것이 그저 고마워 그녀의 눈길을 피하는데 주책없는 눈물이 주루룩 흘러나왔다.

정숙은 벼랑 끝에 매달린 나약한 짐승을 구원해 준 은인이었다.

직장이 생기자 생활도 안정되었고 극단의 공연을 위해 대본까지 쓸 여유가 생겼다.

고통이 밀려오고 세상이 원망스러울 때마다 그녀의 얼굴을 떠올리며 시를 끄적거렸다.

"구원의 여신에게 바치는 송가야."

한 권을 가득 채운 시 노트를 정숙에게 주었다. 그녀는 자신을 위해 써준 시에 감동했다. 우린 시를 통해 가까워졌다. 그러던 어느 날 뜬금없이 내 시가 신춘문예에 당선되었다는 소식을 그녀가 가지고 왔다.

"혼자 읽기 아까워서 몰래 신문사 신춘문예에 넣었거든. 축하해."

허락 없이 함부로 내 시를 유출한 그녀가 미웠는데, 황송하게도 귀중한 축하 선물을 내밀었다.

"오빠, 늘 나만을 위해 시를 쓰고 내 편이 되어 줄 거지?"

처음엔 그 말의 의미를 몰라 멀뚱이 바라보았는데 그녀의 빛나는 눈동자가 프러포즈라는 걸 알려주었다. 갑자기 천상에서 아름다운 음악 소리가 들리는가 싶더니 왈칵 눈물이 쏟아졌다. 그날은 감동과 공감의 눈물이 하나 되어 온 밤을 하얗게 지새웠다.

교외에 능소화가 곱게 핀 집을 빌려 우리는 있는 것과 가진 것을 정리하고 하나로 합쳤다.

그런데 내 처지를 안 정숙네 집에서는 난리가 났다. 정숙은 아이를 갖자고 했다. 계략대로 임신하자 그렇게 결사반대했던 정숙네 부모는 날을 잡아 식을 올려 주었다.

배가 불러오자 극단은 후배에게 맡겼다. 출산 후에 정숙은 아이를 천안 친정에 맡기고 기간제 교사로 일했다. 바쁜 와중에도 임용시험 공부를 해서 정규 교사 발령까지 받았다. 그 사이 난 문학단체에 새로운 직장을 얻었고 천복을 받아 두 아이 아빠가 되었다.

어려운 시절, 자식의 효도도 받아보지 못한 채 부모님은 지병으로 일찍 돌아가셨다. 그것이 한이 되어 시간이 날 때마다 천안 처가에 애들을 데리고 자주 들렀다.

어린 시절 외가에서 자란 아이들이어서 외할머니를 좋아했다.

장인은 변변한 안주도 없이 매일 소주 한 병을 드셨다. 절에 다니는 장모는 개고기 먹는 걸 말렸지만 장인은 잘 먹어주는 것이 개들의 윤회를 돕는 것이라며 나만 보면 보신탕집으로 이끌었다. 어느 날 얼큰해진 장인이 내 손을 잡으며 고백했다.

"박 서방 미안해. 처음엔 몸도 온전치 못하고 가난뱅이라고 내가 극구 반대했어. 이런 진국인 줄 모르고 말야. 자주 찾아

타자의 얼굴

와 줘서 고마워. 아들이 둘씩 있으면 뭐에 쓰남. 제사, 명절 때나 마지 못해 코빼기 비치는 것들."

나뭇잎 다 떨어낸 앙상한 가지로 찬 바람이 솔솔 숨어들 때였다.

도통 그런 일이 없었는데 아내가 전화 안 받는다며 장모님이 내게 전화를 했다.

"지금 수업 중일 거예요. 무슨 일 있어요?"

"박 서방 큰일 났다. 아버지가 밥을 먹다가 딸꾹질이 멈추지 않아서 동네 병원에 갔더니 식도암이란다. 그렇게 술 좋아하더니 제 명 재촉한 거지."

예약한 날짜에 서울로 모시고 와 검진을 했더니 암세포가 전신에 퍼져 수술도 못할 지경이었다. 그렇게 장인은 입원해서 한 달도 못 채우고 우리 곁을 떠났다.

조인택을 다시 만난 건 그때였다. 병원 장례식장에 영정을 모셨는데 분향실로 들어서는 낯익은 얼굴을 보는 순간 소름이 돋고 머릿발이 섰다. 처남들이 외삼촌이라며 반갑게 그를 맞이하는 사이 난 굳어버린 다리에 힘을 주며 게걸음으로 슬그머니 자리를 떴다.

분향실에 붙어 있는 화장실에서 심호흡을 여러 번 했지만 요동치는 심장은 쉽게 평정을 찾지 못했다. 십수 년이 지난 세월이었지만 어찌 조인택을 잊을 수 있겠는가? 결혼식 때 해외여행 갔다던 처외삼촌이 바로 그였다.

거울 속 검붉게 일그러진 얼굴이 한쪽으로 기울어진 어깨를 보았다. 숨어 있던 분노가 뛰쳐나왔다. '그래 내가 꿀릴 게 뭔가? 당당하게 따지고 여차하면 한 방 먹이자.' 단단하게 움켜쥔 주먹에 힘이 느껴졌다.

화장실 문을 열고 나가자 시선이 마주친 아내가 손짓하며 그에게 소개했다.

"외삼촌, 제 남편이에요."

나는 일부러 눈에 힘을 주고 그를 노려보며 다가섰다. 그런데 그는 얼굴보다 절뚝거리는 걸음걸이에 시선을 꽂으며 내 손을 덥썩 잡았다.

"아이고 미안해. 하나뿐인 외삼촌이 결혼식에 참석도 못하고. 흐흐흐."

말끝을 흐리며 그는 간신처럼 웃었다.

"나를 모르시겠습니까? 나 박승웁니다."

그는 빤히 내 얼굴을 쳐다보았다.

"박승우? 우리 만난 적이 있었던가?"

아내가 자랑하듯 끼어들었다.

타자의 얼굴

"상미 아빠 유명한 시인이에요."

"오, 그래? 언젠가 집사람에게 얘기 들은 것 같구만, 흐흐흐."

풍선처럼 팽팽했던 분노가 맥없이 빠지면서 허탈감이 스멀스멀 기어들었다.

'기가 찰 노릇이다. 병신 만들어 놓고 모른 척하다니.'

얼굴을 일그러뜨리며 서서히 주먹에 힘을 주는 찰나, 수상함을 눈치챈 아내가 수습하며 막아섰다.

"여보. 여기 어떤 자린데? 정신 좀 차려요. 외삼촌. 상미 아빠가 며칠 잠을 못 자 예민해져서 그래요. 이해하시고 저리 식당으로 가셔요."

조인택은 고개를 갸웃거리며 일어서서 아내 뒤를 따라갔다.

'어떻게 내 이름을 기억 못할까?' 위 아랫니가 부딪히며 몸이 진동하듯 떨렸다.

장애물에 막혀 툴툴거리는 장난감처럼 속이 답답했다. 참아야 한다는 생각이 피어오르는 기억까지 억누르진 못했다. 커다란 암 덩어리 같은 울분이 목구멍을 치밀어 올라왔다. 난손으로 입을 막으며 화장실로 달려갔다.

변기 뚜껑을 열자마자 숨어 있던 역겨움이 아우성치며 쏟아졌다. 눈물이 함께 마중 나왔다. 세면대를 붙잡고 울고 있는 거울 속 사람이 얼마나 처량하게 보이는지 그를 보면서 하염없이 눈물을 흘렸다.

누군가 문을 열었다가 닫더니 잠시 후 아내가 들어왔다. 그는 등 뒤에서 나를 안으며 나직하게 속삭였다.

"당신을 이렇게 만든 사람이 외삼촌이었어?"

나는 대답 대신 콧물까지 흘리며 소리 내어 울었다. 꺼이꺼이 우는 슬픈 반려동물의 등을 말없이 톡톡 두들기며 아내도 울고 있었다.

눈이 붓도록 실컷 울고 나서 아내는 인적이 뜸한 휴게실로 나를 데리고 갔다. 커피를 뽑아 건네며 아내는 조곤조곤 입을 열었다.

"외삼촌을 바라보는 당신 얼굴이 파랗게 질리는 것을 보고 직감했어. 우리 엄마네 집안은 일정 때부터 대대로 경찰 집안이야. 외사촌 철영이까지 4대째 경찰 가족이라고 표창까지 받았어. 그리고 외삼촌은 어릴 때 나를 무척이나 예뻐해서 선물도 많이 사줬어. 나한테는 좋은 기억만 준 외삼촌인데 당신에겐 원수 같은 사람이니 우리 운명도 참 얄궂다."

대답을 잃고 커피를 홀짝이자 아내가 말을 이었다.

"잘 참았어요. 아버지 보내는 자리에서 볼썽사나운 꼴 안 만들어 고마워요."

다시금 눈시울을 흔들며 흘러내리는 액체를 손바닥으로 훔치고는 크흡 소리 내어 콧물을 삼켰다. 마음은 진정시켰으나 목소리는 잠겨 있었다.

"더욱 부아나는 건 그놈이 나를 못 알아보는 거야. 죄 없는 젊은 애들 얼마나 많이 잡아다 족쳤으면 기억도 못 하냐구? 꿈속에서도 날 괴롭혔던 그 웃음소리. 살이 떨어져 나가고 뼈가 으스러져 나오는 비명과 절규를 들으면서도 입가에 흘리던 그 비열한 웃음소리에 치가 떨렸어. 정말 쇠망치라도 있었으면 대가리를 박살내고 싶었어."

"외삼촌도 당신에 대해 묻더라구. 연극하다 끌려가 그렇게 되었다고 했더니……."

"뭐래?"

"자신이 한 일인 줄 모르나 봐. 그래도 정신 차려서 시인 되었으니 다행이래."

"배를 갈라 창자를 잘근잘근 씹어먹어도 시원치 못한 놈. 한 뱃속에서 났으면서 장모님하고는 어찌 그리 다를까?"

"외삼촌은 아직도 당당해요. 맡은 일 열심히 해서 훈장도 네 개나 받았대."

"열심히? 훈장 많이 받아 퍽도 행복하겠다. 개새끼."

"미안해요. 당신이 외삼촌에게 당한 걸 눈치챘으면서 따지지 못한 거."

시간은 사람에게 망각이라는 약을 주지만 때로 착각이라는 병을 주기도 한다.

퇴직 후 그가 수필가가 됐다는 소식이 들렸다. 마음만 먹으면 등단하기 쉬워진 세태라고 하지만 그가 문인이 되었다는 것은 의외였다. 내게 전해 달라며 장모에게 맡긴 책을 주말에 천안 다녀온 아내가 가져왔다.

"이런 걸 뭐 하러 들고 와?"

"그래도 어머닌 당신이 자랑스러워 주는데. 아이들 보는 앞에서 던져버려요?"

봉투에 적힌 제호를 보니 들어보지 못한 문학 잡지였다.

"별 쓰레기를 다 들고 오네."

아내가 보는 앞에서 봉투째 휴지통에 던져버렸다.

"화낼 줄 알면서도 그가 무슨 짓 하는지 알라고 해서 가져온 거예요."

"죄 없는 사람들 잡아다 인간성을 도륙했던 짐승이 무슨 글을 쓴다고? 쯧쯧."

"사람들은 등단하면 다 같은 작가로 알아요. 뭘 알아야 비판이라도 할 거 아녜요?"

"비판할 가치나 있나?"

"죽을죄 지었다고 구구절절 참회하는 글인지 누가 알아요?"

"시끄러워. 나 그렇게 한가한 사람 아냐."

아내가 방에서 나간 후 대체 어떤 글을 썼는지 궁금해졌다. 정말 자신의 전비에 대해 참회를 하고 있을까? 휴지통에 버렸던 책을 꺼내 신경질적으로 겉봉을 찢었다. 계간지 여름호에 등단한 사람이 수필에 8명, 시에 7명으로 전형적인 문단 장사 책이었다.

조인택이란 이름을 찾았으나 그런 이름은 없고 조 씨 성을 가진 사람이 시와 수필에 한 명씩 있었다. 확인해 본 결과 수필 등단자 사진 속에서 조롱박이란 사람이 웃고 있었다. 그런데 특이한 것은 그의 이력이었다. 충북 영동 출신, 동대문구 청소년 선도대책위원장, B대학교 평생교육원 수료 등을 적었지만 경찰 경력은 없었다. 과거를 세탁하고 변신하려는 의도를 짐작할 수 있었다.

'청소년의 미래는 학교의 책임이다'라는 글 제목만 봐서도 수구꼴통의 훈수와 강요, 상식적이고 고답적인 내용이라는 걸 추정할 수 있었다.

'그럼, 그렇지' 중얼거리며 책을 덮고 도로 휴지통 안으로 구겨 넣었다.

그렇게 잊으려 했던 그의 소식은 이듬해 경옥을 통해 다시 듣게 됐다.

김경옥은 동대문 문화센터에서 내 강의를 듣고 시인으로 등단한 제자였다. 경옥은 가난한 집안에서 태어나 여상을 졸업하고 중소 건설업체 경리를 보면서 주말에 문학강의를 들었었다. 그녀의 시는 순수하면서도 사물을 대하는 감성이 풍부하고 시선이 정밀하고 예리하다는 평을 받으며 단번에 문학지 심사를 통과했다.

그녀는 급하게 의논할 일이 있으니 시간 좀 내달라고 했다.

쟁반에 커피를 들고 온 그녀는 의자에 궁둥이를 붙이자마자, 대뜸 엉뚱한 이야기를 꺼냈다.

"박 선생님. 국제협회라고 아세요?"

"그런 단체도 있었나?"

"그러면 조롱박 시인은요?"

조롱박이라는 말에 신경이 곤두섰다. 그러나 제자 앞에서 감정을 제어 못하는 소인배가 되긴 싫었다. 나는 짐짓 잔을 양손으로 쥐고 따뜻한 온기를 즐기는 척하다가 한 모금 들이 켜고 나서 대답을 했다.

"조롱박? 처음 듣는 이름인데?"

"선생님한테 배웠다고 했더니 잘 아신다고 하던데요?"

"난 그런 사람 몰라. 그런데 왜?"

"제가 등단했다는 소식을 들었다면서 만나자고 연락이 왔더라구요?"

말을 하며 그녀는 가방에서 명함 한 장을 꺼내고는 내 앞으로 밀어 놓았다.

"이 사람이요."

명함에는 '국제동우회 부회장, 국제협회 동대문지회장'이라는 직함 아래 '시인, 수필가 조롱박'이라는 이름이 큼직하게 박혀 있었다.

정말 문단을 조롱하고 있다고 생각하며 무심결에 뒷면을 보았는데 거기엔 '프랑스 한국문학상', '중국 북경문학상' 수상 기록이 적혀 있었다. '아니 책도 한 권 안 낸 사람이 국제문학상이라니? 세계적인 천재 작가 나셨구만.' 홍. 무의식중에 코웃음이 흘러나왔다.

"이 사람 작품 읽어 본 적 있나?"

"아뇨. 인터넷에 그의 이름을 쳐보았는데 기록이 없어요. 국제협회로 들어가니까 그의 등단 작품이 있었는데, 시라고

하기엔 좀 그랬어요."

"언제 시인까지 되었데?"

"수필가 등단한 이듬해 같은 동인지로 시인 등단했던데 요?"

"그래? 아주 저들끼리 경사났구만."

"그런데 그가 상 주겠다고 제의하더라고요."

"상? 무슨 상?"

"일본 동경 문학상이요."

어이가 없었다. '사이비 문인들 작태를 애써 무시했는데 이젠 저희들끼리 셀프로 상을 주고받으며 장난친단 말이지?'

"그래서 국제협회구나? 경옥이 동경 가서 문인들과 교류한 적 있어?"

"아뇨. 그래서 의문이 생기더라구요. 상을 주면 상금도 주는 거 아닌가요? 헌데 상패값에 신문홍보비 명목으로 50만 원 내래요."

그 말에 참았던 분노가 터져 나왔다.

"이런 쓰레기들. 하는 짓거리를 두고 보자보자 했더니."

욕을 하면서 명함에 적힌 연락처로 전화를 걸었다. 감정을 억누르며 침을 목으로 넘겼다. 잠시 후, 그놈의 목소리가 기어 나왔다.

"나 박승우요."

내 이름을 기억 못 하는지, 예상치도 못한 내 전화에 당황했는지 그는 잠시 머뭇거렸다. 마른기침 소리에 이어 웃음소리가 먼저 들려왔다.

"흐흐흐. 아 우리 조카 박승우? 내 잠시 깜박했어."

"여보세요. 당신 나 엿먹이려고 김경옥 시인 상주겠다 꼬득인 거지? 왜 이왕이면 노벨문학상 주지. 아니면 노발문학상을 만들든가?"

"거 무슨 망발이야? 같은 문인끼리."

"여보시오? 문인? 당신 인간 맞아? 세상이 당신 뜻하는 대로 되니까 행복하지? 문학이 무슨 장난감인 줄 알아? 제발 문단에 똥물 뿌리지 말고 당신 때문에 눈물 흘리는 사람들한테 사죄하고 반성하며 살아. 이 쓰레기 망나니야."

한바탕 퍼부었더니 대뜸 휴대 전화 저쪽에서 욕설이 들려왔다. 난 경옥을 힐끗 보며 코웃음 치고는 얼른 휴대 전화를 닫았다. 김경옥 시인도 통쾌한 듯 빙그레 웃고 있었다.

천성은 쉽게 변하는 게 아니라는 진리를 그가 깨우쳐 주었으니 그만 잊고 싶었다. 그런데 잊으려 할수록 자주 마주치게 되는 게 악연이다.

캐럴이 거리를 들뜨게 하고 사람들 마음이 바빠져 갈 즈음에 다시 경옥에게서 다급한 전화가 왔다.

"선생님, 이 일 어쩌면 좋아요?"

"무슨 일인데?"

"그 조롱박이란 사람, 제 시를 도용했어요."

작년에 원고 청탁받고 구청 홍보 책자에 게재한 작품을 단어 몇 자, 문장 한두 줄 바꾸고 조롱박이란 이름으로 국제지에 실렸다는 것이다.

"나쁜 놈. 변신하려고 생쇼를 하는구나. 그 협회에 전화해서 응분의 조치 취하지 않으면 법으로 책임 묻겠다고 강력하게 항의해."

그러자 며칠 후 자기 쪽 사람 감싸느라 그랬는지 김경옥이라는 신인을 얕잡아보아 그랬는지 답변은 그 협회의 수준을 그대로 드러내고 있었다.

'문학이란 원래가 모방이다. 확인해 보니 그 작품은 조롱박 씨가 아주 오래전에 써 둔 원작이다.'라는 내용이었다. 결국, 저작권법 위반으로 고발을 해서야 조롱박이 김 시인에게 만나자고 연락이 왔고 다음 호에 사과문을 게재하기로 하고 일단락 됐다.

그 일 이후에 한참 조용하더니 아내로부터 암 투병 중이라는 소식을 들었다.

병실에는 언제 꽂아놓았는지 꽃병 속 프리지아가 고개를
푹 숙이고 있었다. 병상 옆에서 끄덕끄덕 졸다가 문이 열리는
소리를 듣고 벌떡 일어선 것은 경찰 제복을 입은 아들이었다.
그는 오랜만에 보는 사촌 누이가 쑥스러워선지 아니면 부친
의 병세가 절망적이어선지 데면데면했다.

아내가 그의 손을 잡고 수고가 많다고 얘기해도 어떤 반응
도 보이지 않았다. 그리고는 병실에 달린 화장실로 들어갔다.

잠을 자던 조인택이 인기척을 느끼고 눈을 떴다. 투병에 시
달렸는지 당당하던 신체는 쪼그라들고 번지르르하게 개기름
흘렸던 옛 얼굴은 시커멓고 푸석하게 변해 있었다.

우리를 보더니 도로 눈을 감으면서 '가!' 하고 외마디 소리
를 내뱉었다. 아내가 당황하며 그를 흔들었다.

"외삼촌. 저예요. 저 정숙이에요."

그는 귀찮다는 듯이 얼굴을 찡그리며 옆으로 돌아눕더니
힘에 겨운 듯 길게 숨을 뱉어냈다. 아내가 나를 보며 무슨 말
이라도 하라고 눈치를 주었다.

"말 시키지 마시고 그냥 돌아가세요."

언제 나왔는지 아들이 우리와 병상 사이를 막아섰다. 머쓱

해진 아내가 물었다.

"철영아 왜 그래?"

그는 흐트러진 환자의 이불을 펴서 어깨까지 올려 덮어주고 돌아섰다.

"아버지께 얘기 들었어요. 매형이 아버지를 망신 준 것 때문에 화병이 생겨 이 모양 되었다고요."

어처구니없어 말문이 막혔다.

'남에게 고통 주고 세상 우롱하며 살던 사람이 말 한마디에 상처를 받아? 가면 뒤의 흉측스러운 얼굴이 드러나니 자존심이 상했단 말인가?' 막 입을 열려는데 아내가 나를 밀치며 나섰다.

"무슨 얘길 어디까지 들었는지 모르지만, 매형이 아버지 때문에 병신 된 것도 알아?"

그 말에 철영은 내 다리를 내려다봤다. 난 보란 듯이 절뚝이며 몇 발짝 물러섰다. 그때야 그는 아무 말 못 하고 병상 앞을 비켜섰다.

난 환자에게 다가서서 들고 온 성경을 병상 위에 놓았다. 그리고 돌아누운 그를 향해 나직이 말했다.

"전 외삼촌이 제게 저지른 행동을 용서하겠습니다. 허나 제가 용서해도 외삼촌이 진정으로 뉘우치고 참회하지 않은 한

저승에 가서도 괴로워할 겁니다. 성경 놓고 가니 이승을 떠나는 순간까지 손을 얹고 회개하세요."

말을 끝내고서 아내에게 그만 가자는 눈치를 보냈다. 아내는 핸드백에서 봉투 두 개를 꺼내 탁자 위에 놓았다.

"하나는 고모가 보낸 거야."

철영은 외면한 채 멀리 떨어진 의자에 앉아서 두 손으로 머리를 감싸 쥐고 있었다.

우리가 병실 문을 막 나가려는 순간 '꿍' 하는 소리와 함께 발 뒤에 무엇이 떨어졌다. 돌아보니 성경이었다. 말할 기운도 없던 그가 어디서 그런 힘이 생겼는지. 그는 상체를 병상에 비스듬히 기댄 채 밭은 숨을 몰아쉬고 있었다.

나를 원망하고 있다는 게 확인됐다. 그렇게 시대 탓, 남 탓으로 합리화하며 쌓아온 모래탑이 영원하리라 믿었을까? 자신이 누군지 하늘이 알고 스스로 알 것인데 눈 가리고 아웅이라니. 발 딛고 사는 현실을 애써 외면하면서 생은 다른 곳에 있다며 자기 최면에 빠져 산 것일까?

병원 문을 나서면서 무덤덤한 내 표정을 살피던 아내가 한마디 했다.

"잘했어요. 이제 후련하죠?"

대답 대신 나는 하늘을 쳐다보며 오래 묵혔던 한숨을 토해
냈다. 이렇게 미세 먼지 걷힌 푸른 하늘을 보는 것도 오랜만
이었다. ⚐

오이디푸스의 독백

　어둠 속에서 한참을 울던 귀뚜라미가 갑자기 불이 켜지는 상황의 변화에 놀랐는지 소리를 뚝 그쳤다. 두 명의 간호사가 방금 수술을 마친 환자의 침상을 끌고 병실 안으로 들어왔다. 간호사들은 환자를 들어 고정된 병상으로 옮겨 산소호흡기를 바꿔 채우고 얼굴과 팔과 가슴에 단자를 부착했다. 벽에 걸린 환자감시모니터의 버튼을 누르자 심장의 박동을 알리는 소리와 함께 환자의 몸 상태가 표시됐다. 맥박은 불규칙하게 움직였고 혈압은 낮게 흘렀다.

　보호자인 초로의 모친이 곁에 있는 침상에 걸터앉아 불안한 표정으로 환자의 모습과 간호사들의 작업을 망연히 지켜보았다. 잠시 후 가운 차림의 의사가 들어오자 모친은 벌떡 일어섰다. 의사는 모니터에 표시된 수치를 힐끗 쳐다보며 입을 열었다.

"수술은 끝냈습니다만 오늘 밤이 고비입니다. 가족들에게도 준비시키십시오."

의사의 말에 의기소침해 있던 모친이 처연한 표정으로 말했다.

"자식들 올 때까지 목숨을 연장시킬 수는 없습니까? 애들이 외국에 있는데⋯⋯."

"환자의 의지에 달려 있습니다. 살려는 의지가 강하면 이틀 정도는 버틸 수 있겠지만 쓰러지면서 뒷머리가 심하게 함몰되어 괴사가 시작된 상황입니다. 심장도 산소호흡기에 의존하며 뛰는 형편이고요."

그 말에 모친이 털썩 주저앉으며 의사의 바짓가랑이를 붙잡고 사정했다.

"선생님, 어떻게 안 될까요? 애들이 임종이라도 보게 조금만요. 예. 선생님. 제발⋯⋯."

지켜보던 간호사들이 달려들어 모친을 의사에게서 떼어놓았다.

"안 되셨습니다. 이십여 년은 더 살 나이신데. 그럼."

의사는 고개를 숙여 인사를 하고는 간호사들과 함께 병실을 나갔다.

　모친은 일어서서 터벅터벅 환자에게로 다가서서 환자의 퉁퉁 부은 손을 마주잡고 눈물을 흘렸다.

　"여보, 이러고 가면 난 어떻게 하라고. 당신이 돌아오길 얼마나 기다렸는데 이게 무슨 날벼락이에요? 제발 죽지 마. 여보. 가더라도 애들 얼굴은 보고 가야지. 당신이 그렇게 찾던 정희도 지금 부산에서 달려오고 있고 경아와 윤아도 곧 올 거야. 그때까지 힘내. 알았지요?"

　모친은 소매로 눈물을 닦으면서 주변을 돌아보았으나 생활용품이 하나도 없는 것을 알았다. 그녀는 들고 온 가방에서 휴지를 꺼내 얼굴을 닦고 소리 내어 코도 풀었다. 그리고 앙증맞게 구석에 자리하고 앉은 자그만 냉장고로 다가가 손잡이를 당겼으나 텅 비어 있었다.

　"여보, 잠시만 혼자 있어요. 당신 좋아하는 인후, 춘천에 놀러갔다 돌아오는 중이야. 난 다 알아요. 혈육이라는 건 그런 게 아니지. 속으론 무척 아끼면서도 당신의 그 버럭 하는 성격 탓에 자꾸 어긋나기만 했다는 거. 정희 오면 다 풀어버리고 가요. 알았지 여보. 그럼 나 잠시 마트에 다녀올게."

모친이 밖으로 나가자 상황에 적응된 듯 다시 귀뚜라미가 울기 시작했다.

모니터의 박동 소리가 적막을 깰 뿐 환자는 미동도 하지 않았다. 어느새 기척도 없이 정희가 나타나 환자 주변을 어슬렁거렸다.

"눈을 떠 저 좀 보세요. 아버지. 저 왔어요. 소식을 듣고 댓바람에 달려왔습니다. 당신이 운명하기 전에 우린 풀어야 할 숙제가 있지 않습니까?"

정희는 부친을 흔들어 보지만 그게 소용없다는 걸 알고는 이내 포기했다.

"좋은 추억은 솜사탕처럼 녹아 없어지고 삭지 못한 나쁜 기억은 유령처럼 나타나는군요. 절대군주처럼 군림했던 독불장군은 어디 가고 이렇게 초라한 노인이 누워 있습니까? 당신의 말은 곧 법이었죠. 저는 한낱 당신의 소유물이었고요. 아니라고요? 그럼 제 이름은 왜 그렇게 지으셨어요? 존경하는 대통령처럼 되라고 이정희라고 지었잖아요? 학교 다닐 때 여자라고 얼마나 놀림을 받았는지 아세요? 인후가 고3이니 집에서 쫓겨 난지 15년 만이군요. 그간 고생은 제 몫이니까 말 안 할 겁니다. 허나 악착같이 일하고 일어섰어요. 그간 제가 어떻게 변했는지 보시고 비굴한 미소라도 지어 보라구요."

정희는 분노를 이기려고 발걸음을 옮기며 실내를 어슬렁거렸다.

"난 6·25전쟁에 참전하셨던 조부를 대단히 영광스럽게 생각하는 집안의 1남 2녀 중 둘째로 태어났지요. 어려서는 대를 이을 아들이라고 동네 데리고 다니면서 자랑했고 귀여움을 많이 받았어요. 목욕탕에 데리고 가서 몸을 씻어주던 기억은 아직도 잊지 못해요. 허나 중학교에 들어가면서 당신의 태도가 바뀌었죠. 딸들은 아빠, 엄마 하는데 나한테만 아버지, 어머니라 부르라 했어요. 당신은 이렇게 말씀하셨죠. '넌 아들이니까. 가풍을 잇고 집안의 대들보가 되려면 강인해야 한다. 남자가 그렇게 찔찔 짜며 나약해서는 하나도 쓸모없다.' 그때 다리 밑에서 주어다 기른 자식이라는 당신의 말이 사실임을 믿었고 엄청 서운해서 이불 섶을 적신 게 한두 번이 아니었어요. 누나와 동생은 전교에서 한 자리 등수에 들 만큼 우수한 성적이었지만 난 그저 중간 아래에서 맴돌았으니 늘 애물단지였죠. 전 당신을 기쁘게 하기 위해 공부를 열심히 하는 척해야 했어요. 허나 성적이 뒤처지자 당신의 회초리가 춤을 추기 시작했지요. 그럴수록 사춘기의 반항심으로 공부를 멀리했죠. 경아나 윤아는 원하는 것을 다 사주었지만 내겐 공부 잘하면 이라는 단서를 달아 무시했죠. 도대체 대를 잇는다는 게 무슨 소용인지, 솔직히 남자인 게 원망스러웠어요. 경아와 윤아까지 노골적으로 날 무시하고 핀잔을 주었어요. 그게 얄미워 툭 건드리기라도 하면 여자에게 손찌검했다고 회초리가 날아들었죠. 그런 경아가 미워서 한번은 아버지 주머니에서 돈을 훔쳐 누나의 책가방에 몰래 숨겼어요. 돈이 없어진 것을 안 당신은 처음부터 날 의심했고 끈질긴 추궁에 손을 들고 말았지요. 그러자 어린놈이 도둑놈 되려냐구 발가벗기고 호되게 두드렸어요. 그게 초등학교 6학년 때였죠. 기억나세요?"

정희는 갑자기 목이 메는 듯 창가로 가 귀뚜라미 소리에 마음을 진정시키고 나서 다시 부친 곁으로 돌아왔다.

"당신의 간섭은 시간표 관리서부터 교우 관계까지 아주 숨통을 조였어요. 얼굴을 대하는 것조차 두려운 트라우마가 생겼다는 걸 당신은 모르셨겠죠? 난 스트레스를 해소할 방법을 찾았어요. 그게 태권도였어요. 어린 시절은 운동할 때가 제일 행복했어요. 삶의 의욕이 충만했으니까요. 당신도 남자다워야 한다고 동의했으나 운동에 너무 열중하자 공부에 지장 많다고 그만두게 했어요. 전도중학생선수권대회를 앞둔 때였지요. 체육 선생님이 당신을 설득했으나 일반계 고등학교에 진

048

학해서 장차 육군사관학교에 입학해 훌륭한 군인이 되기를 바랐던 당신은 결사코 반대했지요. 그러나 난 몰래 도장에 나가 훈련을 했고 학교 대표로 대회에 참가해서 단체 은메달과 개인 동메달을 땄어요. 허나 소식을 들은 당신은 기뻐하기는커녕 당신의 말을 거역했다는 이유로 방에 가두고 꼬박 이틀을 굶겼어요. 언젠가 역사 시간에 사도세자 얘기를 듣고선 화장실에 숨어서 하염없이 울었던 기억이 나요. 무더운 여름날 뒤주에 갇혀 죽은 사도세자를 생각하니 내 미래를 보는 것 같아서요. 그날부터 숨 막혀 죽는 공포가 꿈속에 반복되며 나타났어요. 그런 날은 이부자리가 축축할 만큼 식은땀을 흘렸지요."

문이 열리며 모친이 물건이 가득 든 비닐봉지를 들고 들어왔다. 비닐봉지를 헤쳐 물병과 사과, 패트병에 든 주스를 꺼내 냉장고 안에 넣고 휴지와 종이컵을 냉장고 위에 정렬하며 놓았다. 정희는 반가워하며 다가섰으나 모친은 정희의 존재를 알지 못했다. 정희는 안타까운 시선으로 모친을 살폈다.

"어머니. 저 왔어요. 어머니도 그간 많이 늙으셨군요. 아버지 욱하는 성질 다 받아내시느라 속은 또 얼마나 검게 변했을까요. 미안해요. 어머니. 제가 잘 모셔야 했는데……."

물건 정리를 끝낸 모친은 부친에게로 가 몸을 어루만지다 코를 가까이 대고 냄새를 맡았다.

"당신 집 나가서 고생 많았죠? 그 좋던 풍채가 반쪽이 됐어요, 먹지도 못하고 잠인들 제대로 잤겠어요? 그렇게 깔끔 떨며 꼬장꼬장하던 양반이 이게 무슨 꼴입니까? 몸에서 냄새가 다 나요."

모친은 혀를 차며 밖으로 나갔다. 정희는 모친의 뒷모습을 바라보다가 넋두리를 계속했다.

"한 번은 용돈을 모아 청바지를 샀는데 가위로 갈기갈기 찢어버린 거 생각나세요? 다리통이 찢어진 청바지가 유행이었는데 거지새끼 양아치냐고 호된 꾸중을 했어요. 이처럼 혼자 결정해서 행동하면 물어보지 않았다고 야단치고, 어쩌다 의논하려 하면 다 큰 놈이 그것도 혼자 결정 못 한다고 윽박질렀지요. 겨우 턱걸이로 일반계 고등학교에 진학했지만 나는 정체성 없는 놈이었어요. 혼자 결정할 수 있는 것은 아무것도 없었으니까요. 음식점에 가서 메뉴를 정하거나 머리를 잘라야 하는 날짜나 운동화를 고르는 것조차도 당신이 결정했어요. 난 늘 우유부단한 놈이 됐어요. 무엇을 선택하거나 결정해야 하는 순간이 되면 귀찮고 스트레스를 받았어요. 그래서 '아무거나' 하고 소리쳤죠. 오죽하면 학교에서 별명이 '아무거나' 였겠어요."

　모친이 몇 장의 수건과 물이 든 대야를 들고 들어와 침상 옆 기다란 의자에 놓았다. 모친은 환자복의 단추를 풀어 상의를 젖힌 후 하의를 아래로 내렸다. 하얀 피부에 비해 유난히 거무스름한 음경이 쪼그라든 모습으로 드러나자 마른 수건으로 가렸다. 그리고 수건을 적셔 짜내고서는 부친의 몸을 닦기 시작했다.

　정희는 실내를 어슬렁거리며 넋두리를 계속했다.

　"성장하는 과정에 급우들과 싸움을 하는 일은 다반사죠. 헌데 깡패 되려느냐는 말에 대구하면 부모에게 대드는 불효막심한 놈이라고 매질을 했지요. 버티는 힘이 세어질수록 태작 도구도 회초리에서 몽둥이로 바뀌었어요. 난 이를 악물고 울음을 참으며 매를 이겨내는 것으로 벋대었지요. 당신에 대한 증오와 원망은 쌓여만 갔어요. 복수를 생각했지요. 어떻게 하면 가장 고소하게 당신에게 복수할 수 있을까? 살인과 같은 악행을 저질러서 당신의 얼굴을 똥칠해 버릴까? 자해하거나 차라리 죽어버릴까? 아니면 누굴 사주해 당신을 실컷 패주라고 할까? 아니다. 아니다 가출을 해서 보란 듯이 성공을 하고 나타나서 절연을 선언하자. 그것이 제일 통쾌한 복수라고 생각했어요. 내 실력으론 당신의 바람대로 육군사관학교에 입학할 능력이 안 되었어요. 아니 당신의 평소 말버릇처럼 머리가 좋으니 머리띠 동여매고 죽어라 하고 노력하면 될 수도 있겠다고 생각은 했지만, 당신이 원하는 대로 하기가 싫었어요. 그래서 고등학교 졸업을 앞두고 집을 뛰쳐나왔습니다. 질곡에서 벗어나 독립된 인간으로 자유를 얻기 위해서 말입니다."

정희는 양팔을 벌리며 병실을 한 바퀴 돌았다. 모친은 여전히 환자의 몸을 정성스레 닦는 일에 열중했다.

"마치 오랜 기간 감옥에 갇혔다 나온 죄수처럼 해방감을 누렸습니다. 세상은 내 것이었죠. 모든 게 새롭고 신기했고 자유로웠습니다. 무슨 일이든 할 수 있다는 의욕에 불탔고 자신감이 가득했어요. 밤이 되면 잘 곳이 걱정되었습니다. 며칠은 여기저기 빌딩에 숨어 들어가 겨우 추위를 견딜 수 있었지요. 허나 경비원에게 도둑으로 몰려 혼난 후에는 함부로 남의 집에 들어가지도 못했습니다. 그때야 알았죠. 사람에겐 돈이 있어야 한다는 것을. 일을 해야 돈을 얻고 따뜻한 음식과 편안한 잠자리를 얻을 수 있다는 것을 말입니다. 그래서 난 막일로 먹을 것을 얻고 동가식서가숙 방랑 생활을 했지요. 그러다가 먹고 자는 일을 해결할 수 있는 곳이 군대라는 것을 알았어요. 자원입대했습니다. 그런데 군대는 아버지보다도 더 엄격한 규율과 질서를 지켜야 하는 곳이었습니다. 허나 난 더욱 성숙해졌죠. 군대에서 만난 동기생 덕에 말입니다. 심리학을 공부하는 그와 대화를 하면서 당신이 왜 그렇게 날 구박했는지 어렴풋이 이해할 수 있었지요. 서양 신화에 나오는 오이디푸스 왕 이야기를 아세요? 테베의 왕 라이우스는 앞으로 태어날 자신의 아이가 자신을 죽일 것이라는 신탁을 받고 부인이 아들을 낳자 산에 가서 버리라고 하죠. 그러나 어찌어찌해서 살아난 아들 오이디푸스는 성년이 되어 노인과 다투다가 그 노인을 살해하게 되는데, 나중에야 그가 부친인 테베의 왕이라는 걸 알죠. 테베의 왕이 그렇게 아들에 의해 죽게 되는 것은 그 자신이 신을 거역하려 한 오만 때문이라는 겁니다. 테베의 후계자 라이우스는 왕관을 빼앗으려는 삼촌을 피해서 여행을 다니다 이웃 나라 왕의 보호를 받게 됩니다. 그러나 그는 그 왕의 사생아를 유괴하여 동성애를 즐기다가 왕에게 발각이 되죠. 왕은 자신의 환대와 부성의 신성한 가치를 모욕했다는 이유로 라이우스에게 저주를 내립니다. 그래서 라이우스는 아들에 의해 살해되고, 아들 오이디푸스는 자신을 낳아준 어머니의 남편이 되는 운명을 부여한 겁니다. 결국, 자신의 잘못으로 인하여 받게 된 운명을 거부하고 자식을 없애려 한 거지요. 거기서 부자간의 원초적인 갈등이 시작됐다고 하더군요. 그래서 알게 됐죠. 당신의 열등의식이 쇠뿔을 고치려다 소를 죽이는 우를 범했다고 말입니다. 당신의 출생 비화가 생각났습니다. 당신은 할아버지의 세 번째 부인에게서 태어났지요. 큰할머니는 시집와서 얼마 되지 않아 전염병에 걸려 돌아가시고, 둘째 할머니가 백부와 숙부, 고모 둘을 낳았습니다. 그런데 한량인 할아버지가 이웃 동네 할머니와 눈이 맞아 당신을 낳았습니다. 그 할머니가 다른 집안으로 시집가게 되자 아버진 할 수 없이 본가에 들어와서 살게 되었지요. 그 이복형제들 사이에서 생활이 어떠했으리라는 건 충분히 짐작이 갑니다. 자격지심과 열등감 속에 사랑을 받아보지 못한 사람은 사랑을 주는 방법을 모르는 것은 당연한 이치겠지요? 그런데 심리학도는 자신이 얻지 못한 것에 대한 보상 욕구가 과대한 기대심리를 낳고, 거기에 도달하지 못할 것이라는 위기의식과 좌절감이 자식에 대한 폭력으로 나타난다고 했습니다. 물론 그도 완전한 전문가가 아니지만, 저는 충분히 공감할 수 있는 말이었어요. 역사적으로도 정통성이 없는 권력자일수록 과도한 무력을 써서 대중의 눈과 귀와 입을 막았으니까요."

모친은 몸을 다 닦고 나서 환자의 옷매무새를 단정히 한 후에 이불을 덮었다. 모친이 돌아서자 부친의 꼭 감은 눈꺼풀이 불그스레 변하며 미세하게 떨렸다.

모친은 휴대 전화를 꺼내 번호를 눌렀다. 길게 신호음이 갔지만, 상대방이 받지 않자 고개를 갸웃거리며 전화기를 내려놓았다.

"아니 이 녀석이 전화는 왜 안 받지?"

"어머니. 저 여기 와 있잖아요?"

모친은 대야에 물수건을 넣고 밖으로 나갔다.

정희의 넋두리가 다시 시작됐다.

"그래요. 당신은 지독했으나 자비를 베푼 적도 있었지요. 한때 저를 받아주었으니까요. 제대하고 건설 현장에서 밥벌이하던 중 경리를 보고 있던 순이와 친해졌어요. 갈 곳 없는 난 그녀의 방에 신세를 졌고 우린 아기를 갖게 되었어요. 그러다 인후가 태어난 거지요. 전 인후가 태어난 날 귀한 생명을 보내준 하늘에 감사하며 절을 올렸습니다. 이 아기가 장차 어떠한 잘못을 하더라도 절대 큰소리로 야단치거나 손찌검하지 않게 해달라고 빌면서 말입니다. 허락도 없이 대 이을 손자를 출산한 것에 당신은 분노했겠지요. 뼈대 있는 집안과 사돈 맺기를 바랐던 당신의 기대가 무너져버렸으니까요. 기저귀와 우윳값이 없어 끙끙대다 어머니에게 손을 내밀었어요. 어머니가 틈틈이 쌀과 반찬을 대 주어 근근이 살았지요. 손자가 얼마나 귀여운지 보라고 어머니가 몇 달을 보채고서야 당신은 찾아와 인후를 안아보고 웃음을 보였지요. 그때의 어색한 표정을 잊을 수 없습니다. 속으로는 반갑고 기쁘면서도 저에 대한 미움 때문에 만들어진 기묘한 표정 말입니다. 하지만 그해 겨울, 전세방 값이 턱없이 올랐을 때 당신은 들어와 살라고 은전을 베풀었어요. 뒤늦게 결혼식까지 올려 주었고요. 그게 가출한 지 5년 만의 일이었고 머리가 커서 가족의 정분을 오롯이 느낀 기간이었습니다. 허나 그것도 잠깐이었지요. 욕심이 화를 부른다고 당장 떨어지는 꿀맛에 취해 재앙이 가까이 오고 있다는 걸 아무도 몰랐어요. 그런데 처음부터 처남이 사기를 치려고 달려든 건 아니라고 전 믿었습니다. 아버지도 그를 믿어 많은 돈을 투자했고 처음엔 이자와 수당으로 받은 돈에 만족했지 않았습니까. 헌데 몇 달 후부터 약속한 날짜에 입금도 안 되고 처남이 행방을 감추면서 우리 가정은 파탄났지요. 아버지의 막대한 재산이 사라져버렸고, 인후를 남긴 채 우린 뿔뿔이 흩어져야 했어요. 혼자서 집을 짓는 거미처럼 인간은 늘 혼자 가야 하는 걸 알았어요. 한때는 순이를 증오하며 이혼까지 했지만, 살면서 곰곰이 생각해보니 그게 다 부질없는 것이라는 걸 알았습니다. 그러니 인후 엄마를 그렇게 미워하지 마세요."

정희는 부친의 모습을 보며 쓸쓸함을 달랬다. 부친의 눈에서 눈물 한 줄기가 떨어졌다. 모친이 들어와 그 모습을 보고 손수건으로 부친의 눈가를 닦았다. 그리고는 휴대폰을 꺼내 전화를 걸었다. 연결되지 않자 고개를 갸웃거리며 다른 번호를 눌렀다. 역시 받지 않았다. 또다시 전화를 거는데 이번엔 곧바로 연결되었다.

"그래 할미다. 어디쯤 왔니? 뭐라고? 내일 아침에나 온다고? 이 녀석아 할아버지 죽어가는데 그보다 중요한 일이 뭐 있어? 어디? 경찰서?…… 이놈아, 할애빌 혼자 두고 내가 어찌 거길 가? 무슨 일을 저질렀어? 뭐라고? …… 알았어. 네가 알아서 해!"

"어머니 애들은 가끔 사고 치면서 사회를 배우는 거예요. 너무 나무라지 마세요. 아버지의 꿈을 이루어 준 손자잖아요."

모친은 전화를 끊으며 넋두리를 했다.

"에고 그러니까 애들은 어미가 있어야지. 그렇게 고생하며 키웠어도 할미, 할애비는 존재도 없지. 쯧쯧."

"어머니, 언젠가 젊은 엄마가 어린 자식을 안고 높은 건물 아래로 뛰어내려 목숨을 끊었다는 소식을 들었을 때 안타까움보다 화가 났어요. 어린애가 무슨 죄예요? 인격체를 소유물로 생각하는 그 엄마가 원망스럽더라고요. 아이들에겐 어머니나 나와 다른 그들만의 세상이 있는 겁니다. 그걸 인정 못 하니 갈등과 비극이 생기는 거예요."

다시 전화벨이 울렸다. 휴대 전화 화면에 뜬 이름을 보고 모친의 얼굴이 환해졌다.

"경아니? 그래. 비행기표는 끊었어? 언제? 모레 오후나 도착한다고?…… 애들 때문이라면 어쩔 수 없지 뭐. 헌데 그때까지 살아 있을지 걱정이다……. 그래 오늘 밤이 고비래…… 윤아도 중간고사 앞두고 강의를 미룰 수 없어 모레 아침이나 온댄다. 그래 알았어."

모친은 숨을 크게 내쉬며 전화를 끊고 무심코 창밖으로 시선을 던졌다.

스산한 가을비가 창문에 빗금을 그으며 떨어졌다. 모친은 갑자기 한기를 느끼고 몸을 떨며 부친을 바라봤다. 그에게로 가 이불을 어깨 위까지 올려 덮었다. 그런 모친이 안 되었는지 정희가 입을 열었다.

"그렇게 사랑 듬뿍 받던 딸들인데, 못된 년들. 만사 제치고 달려와야지. 아버지 들으셨죠? 아무리 갈 길이 바쁘셔도 보물처럼 아끼고 사랑하던 딸들이 올 때까지 기다리셔야 해요."

조심스럽게 문이 열리더니 순이가 검은 비닐봉지와 손가방을 한 손에 들고 심각한 표정으로 들어왔다. 모친은 반색하며 맞이했다. 순이는 들고 온 물건들을 놓고 눈물을 흘리며 다가서서 모친의 양손을 잡았다.

"와 주었구나. 고맙다."

모친의 얼굴에도 눈물 두 줄기가 길을 열었다. 순이는 손수건을 꺼내 눈가를 훔치고 병상으로 다가서서 부친을 내려다보았다. 순이의 눈에서 다시 회한의 눈물이 펑펑 쏟아졌다.

"아버님. 죄송합니다. 늦게 와서."

정희가 순이 곁으로 걸음을 옮기며 말했다.

"여보, 당신 여긴 왜 온 거야? 당신은 남이잖아. 아직도 이 인간을 위해 흘릴 눈물이 남았던 거야? 그렇게 구박하면서 인연을 끊은 사람 앞에 왜 나타난 거냐구?"

곁에서 순이의 행동을 애처롭게 바라보던 모친이 눈가를 훔치며 다가섰다.

　　　　　　　　오이디푸스의 독백

"죄송하긴. 이 양반이 미안하단 소릴 해야 하는데, 가망이 없단다."

"어머님 어떻게 해요. 한창나이에."

"다 제 업인 거지. 사람 목숨이 어디 제 것이더냐. 울지 마라. 염치없지만 두렵고 무서워서 널 불렀다."

"잘하셨어요. 연락 주셔서 고마워요. 인후를 잘 키워주셨는데, 입원했다는 소식 들었어도 못 온 거 죄송해요. 밤낮없이 먹고 살기 위해 뛰다 보니."

"당신 어서 나가. 우릴 구박해 죄 받은 거라고. 한 번 웃어주고 나가버려."

"미안하다. 우리가 잘못했어. 부모란 게 자식들한테는 무한책임인데, 그걸 감정적으로만 처리했으니. 그놈의 돈이 웬수지."

"아니에요. 제 오빠 때문에……."

모친은 감정을 추스르느라 손수건으로 눈시울을 닦았다. 순이는 일어서서 바닥에 떨어진 비닐봉지와 손가방을 집어 옆 침대 위에 놓고 화장실로 들어갔다.

정희가 다시 부친을 향해 푸념을 늘어놓았다.

"당신의 투병 생활을 알게 된 것은 어머니와 통화하게 되면서부터였지요. 입원하여 혈액투석을 받는다는 걸 알면서도 일부러 오지 않았어요. 물론 먹고 살기 바쁘기도 했지만, 당신에 대한 적개심 때문이었어요. 법적으로 저는 호주 이승규 씨 호적에는 행방불명으로 처리된 무적자 아닙니까? 그런 사실은 어렵게 구한 회사에 취직 서류를 떼려고 동사무소에 가서야 알았어요. 당신은 제 빚 감당을 면하기 위해서 그런 조치를 했겠지요. 졸지에 세상에 존재하지 않는 자가 되었으니 그때의 배신감과 모멸감이란 정말 죽이고 싶도록 미웠어요. 반드시 성공해서 복수하리란 결기는 그때 세웠지요. 일이 이 지경에 이른 것은 세상 물정을 몰랐던 내 탓이 크지만, 저를 그렇게 찌질이로 키운 아버지의 권위적이고 강압적인 양육의 결과라는 걸 아시긴 한 건가요? 당신은 나랏일이라면 물불 가리지 않고 앞장서셨죠. 그런 애국충정으로 월남전에도 자원하신 거구요. 당신은 월남전 참전용사로서 총알이 관통한 상처를 보이면서 무용담을 펼쳐놓았어요. 보수단체에서 오랫동안 일했던 것에 자부심을 가졌지요. 정당치 못하게 정권을 탈취한 위정자들 탓이 커요. 그들은 자신들의 뜻에 거스르는 자를 빨갱이로 매도하고 위해를 가했지요. 학생들에게 충효를 주입하면서 상명하복이 최선의 미덕이라고 가르치게 했고요. 유교적 질서를 금과옥조처럼 믿고 자랐던 당신도 따지고

오이디푸스의 독백

보면 불행한 시대의 희생양이지요. 허나 세상은 변했어요. 강압적인 힘으로 제압할 수 있는 세상이 아니죠. 말 안 듣고 못된 짓 하는 아이들 보면 야단치고 혼을 내는 게 어른들의 도리라고 생각했으나 지금은 자식을 때려도 벌을 받는 세상이 됐어요. 아버진 고지식한 사고방식대로 살아 왔으니, 이런 세상 변화를 인정하기 어려웠겠죠? 당신이 신앙처럼 받들던 대통령은 탄핵되어 감옥에 갔고. 세상 돌아가는 꼴이 못마땅하니까 맨날 술로 지내다 병을 얻었죠? 그런 아픈 몸 이끌고 태극기 부대 집회에 나갔고요? 그런 편향된 애국정신이 이런 재앙을 자초했고 불 같은 성격이 혈육의 인연마저 단절한 칼이 되었다구요. 아시겠어요?"

정희가 감정을 추스르는 사이 순이가 옷을 추스르며 화장실에서 나왔다.

모친은 부친의 얼굴을 수건으로 문지르며 말했다.

"쪽지 한 장 써놓고 나갈 때부터 이런 사달이 날 줄 짐작했지."

"제가 잘못했어요. 노숙자 점심 봉사 현장에서 아버님을 처음 봤을 때 붙들었어야 했는데. 설마 아버님이 그 현장에 나타나리라곤 꿈에도 생각 못 했어요. 그저 비슷한 분이 있다고 생각했죠. 전 음식점 직원으로 배식 준비를 하고 있었고 눈이 마주쳤을 때 먼저 알아보시고 슬그머니 자리를 피하는 분이 아버님이란 건 인후한테 소식을 전해 듣고 나서였어요."

모친은 한숨을 길게 내쉬며 말했다.

"그래. 그때만 연락이 되었어도."

정희가 안타까운 표정으로 모친을 바라보았다.

"미안해요. 어머니. 가출 소식을 전했을 때 경찰에 신고하고 기다려 보라고 남의 일처럼 말한 거. '미안하다, 찾지 말라'는 글을 남기고 집을 나간 것은 이미 마음의 결정을 내렸다는 뜻이지만 선뜻 달려가고 싶은 마음이 없었어요. 솔직하게 말씀드리면 차라리 그렇게 생을 마감해주길 내심 바라고 있었어요. 그래야 당신 눈에 흙이 들어가기 전엔 얼씬하지 말라는 명령이 해제돼서 우리 아들 인후도 가까이서 볼 수 있을 테니까요."

순이가 부친을 물끄러미 바라보며 말했다.

"헌데 왜 가출하신 거예요?"

"다 돈 때문이지. 살면 얼마나 더 살겠냐구, 투석을 거부했어. 미국 간 경아네 집 산다고 해서 그 알량한 재산 처분해서 보태주고 중국 사는 윤아네 나눠줘버리니 남는 게 살고 있는 집이 전부다. 워낙 건강하던 양반이라 이렇게 아플 줄 누가 알았니? 장기를 사고 수술비 마련하려면 내가 새벽까지 식당에서 일하는 것으론 어림없었지. 집을 팔자고 했지. 헌데 이 양반이 화를 내더라고. 다음날 새벽 집에 와보니 쪽지만 덩그마니 남기고 없어졌어. 그게 꼭 한 달 되었구나."

애련의 감정으로 바라보던 순이가 부친의 얼굴을 살피며 말을 걸었다.

"아버님, 어쩌다 이 지경까지 되셨어요?"

"경찰에서 연락이 왔더라. 촛불집회에 갔다가 변을 당했다고."

모친의 대답에 순이가 고개를 돌렸다.

"촛불집회라니요? 아버진 철저한 우익보수 쪽 아니던가요?"

"왜 아니겠어. 그놈의 성질 값하느라고 그랬지. 성치 않은 몸으로 태극기 부대 집회에 참여했다가 빨갱이들 다 죽여버린다고 혼자 촛불집회로 갔단다. 가다가 지하철역 계단에서 시비가 붙었는데, 뒤로 넘어졌단다."

"세상에."

순이는 다시 부친을 보며 한숨을 쉬었고 모친은 옷소매로 눈가를 닦았다. 정희는 창밖을 바라보며 모친의 얘기를 들었다.

"참 어머님. 아무것도 못 드시고 시장하시죠?"

"앞일이 막막한데 배고픈 생각이 나겠냐?"

"그래도 뭘 좀 드시고 힘내셔야죠. 요 앞에서 빵 좀 사 왔어요. 이걸로 요기 좀 하시고 나가서 식사 좀 하고 오세요. 24시간 하는 식당도 있어요."

순이는 봉지에서 빵을 꺼내 건넸다.

"괜찮아. 이거면 됐다. 참. 냉장고에 사과도 있는데 꺼내 먹어라."

"전 저녁 먹었어요."

빵을 보자 모친은 걸신들린 사람처럼 먹어댔다. 그러다 목에 걸린 듯 끅끅 거렸다. 순이가 얼른 냉장고를 열어 종이컵에 주스를 따라 가져와 건넸다.

"천천히 드세요."

모친은 주스를 목으로 넘기고서는 주먹으로 가슴을 두어 번 쳤다.

"에고, 벌 받은 거지. 이 양반은 이승과 저승을 오락가락하는데 혼자 살겠다고 먹어대고 있었으니."

"그래도 산 사람은 살아야죠. 마저 드세요. 저도 하나 먹을게요."

순이는 빵 하나를 꺼내 한 입 베어 물고 오물거렸다.

정희는 부친을 가만히 내려보다가 병상 위로 올라가 곁에 새우처럼 누웠다. 그리고 팔을 뻗어 부친을 껴안았다.

"아버지. 저도 아빠가 되고 보니 자식 걱정하는 아버지 마음 이해됩디다. 그땐 군부 정권의 강압적인 사회 통제가 권위를 맹종하게 만들던 시절이었으니까요. 가정에서나 학교에서나 사소한 폭력은 통용되었었죠. 인후가 중학교 여름방학 때 부산엘 찾아온 적이 있었어요. 그날은 사업 관계로 고객을 만나 술을 마시고 밤늦게 귀가했어요. 현관문을 열고 들어섰는데 인후가 당황하며 얼른 티브이를 끄더라고요. 어색한 표정과 행동이 수상했어요. 리모컨으로 티브이를 켰는데 거기엔 내가 보다 둔 비디오가 재생되고 있었어요. 포르노 비디오 말이에요. 난 술김에 그 어린 것을 사정없이 두들겼어요. 할아버지 품에서 자라 버릇없고 못된 것만 배웠다고 야단치면서 말이에요. 그러다 아버지를 닮아가고 있는 내 모습을 발견했어요. 그때 인후가 받았을 상처를 생각하며 얼마나 후회했는지. 이제 행복하게 살 일만 남았는데, 아버지 급한 성질 제가 물려받았나 봐요."

손에 든 마지막 빵 조각을 입에 넣고 씹던 어머니가 순이를 지그시 바라보았다.

"에미야, 네 꼴을 보니 고생 많이 한 것 같구나. 이젠 집에 들어와 함께 의지하자. 이 양반이 재산 분배하면서 집은 인후 명의로 해놓았다. 목숨과 바꾼 집이야. 그간 자식에게 못한 에미 구실도 하거라."

음식물을 목으로 넘기던 순이가 모친의 말에 감읍해서 왈칵 눈물을 쏟아냈다.

"고맙습니다. 어머님. 잘 모실게요."

"가족은 모여 살아야 가족이지."

정희가 병상에서 내려와 부친을 바라보았다.

"아버지. 제가 왜 여길 달려왔는지 아세요? 돌아가시기 전에 인정받고 싶었어요. '내 아들 장하다. 사랑한다'는 한마디를 꼭 듣고 싶었어요. 제가 한 말 다 알아들었죠? 사랑합니다, 아버지. 제가 길동무할게요."

그 말에 대답이라도 하듯 부친의 얼굴에서 다시 눈물 한 방울이 떨어졌다.

모친은 벽에 걸린 시계를 힐끔 보고 나서 순이에게 얼굴을 돌렸다.

"정희가 올 시간이 훨씬 지났는데. 웬일이지?"

순이도 시계를 보다 휴대 전화로 정희의 번호를 눌렀다.

정희는 가까이 다가가서 순이를 찬찬히 바라봤다.

"여보, 나 여기 왔어. 얼마나 고생이 많았으면 손등이 까칠하고 손마디가 이리 굵어졌을까? 얼굴은 아직도 20대인데 말이야. 미안해. 사람 잘못 만나서. 하지만 이제 고생 덜해도 될 만큼 저축해 놓았으니 인후랑 행복하게 살아. 어머니 죄송해요. 이제 돌아갈 시간이에요. 모두 안녕히 계세요."

정희는 허리를 숙여 정중하게 인사를 하고는 홀연히 사라졌다.

순이는 휴대폰을 닫으며 걱정스런 표정으로 모친을 바라보았다.

"전화를 안 받는데요?"

"아무리 부산이라도 그렇지. 왕복해도 충분할 시간인데?"

"그러게요. 차가 고장이라도 났나?"

"참, 그것보다 얼른 경찰서에 다녀와라. 보호자가 와야 인후를 데리고 나갈 수 있다더라."

경찰서라는 말에 순이의 가슴이 털썩 내려앉았다.

"경찰서라니요? 아니, 그것이. 사관학교에 합격해 놓고 사고를 치면 어떻게 해."

"걱정 마라. 저들끼리 놀다가 기차에서 시비가 붙은 모양이더라."

"이 녀석이."

순이가 휴대 전화를 꺼내는데, 전화벨이 울렸다. 화면에 뜬 전화번호가 모르는 것이어서 모친의 눈치를 살피고 발걸음을 옮겼다.

"여보세요? 예. 이정희 제 남편 맞는데요? 뭐라구요? 그래서요?"

얼굴에 핏기가 걷히더니 바람 빠진 풍선 모양 순이는 털썩 주저앉았다. 순간 모친이 놀라며 벌떡 일어나 다가서 순이의 어깨를 흔들었다.

"에미야, 왜 이러니? 순이야 정신 차려라. 무슨 일이야?"

순이는 소리 없이 눈물만 흘리다가 중얼거렸다.

"오빠가…… 인후 아빠가…… 죽었대요. 고속도로에 사고가 나서……."

모친은 그 말이 믿기지 않은 듯 순이 얼굴을 바라보며 다급하게 물었다.

"뭐라고 사고? 아니, 이게 무슨 날벼락이니? 정희가?"

순이는 겨우 고개만 끄덕였다. 모친도 넋이 나간 듯 바닥에

　　　　　　　　　　　오이디푸스의 독백

주저앉았다.

"아니다. 그럴 리가 없다. 그럴 리가……."

그제야 순이가 통곡하며 모친의 품에 쓰러졌다. 모친도 순이를 끌어안고 하염없이 눈물을 흘렸다.

"어머님 어떻게 해요. 어머님."

"얼마나 빨리 오고 싶었으면. 에그 성질머리도."

한참 끌어안고 울던 모친이 소매로 눈물을 닦고 일어서며 순이를 일으켜 세웠다.

"이러고 있을 때가 아니다. 정신 차리고 어서 병원으로 가 봐라."

순이는 손등으로 연신 눈물을 닦으며 일어서서 소지품을 챙기고 문밖으로 나갔다. 모친이 배웅하며 돌아오는데, 환자 감시모니터에서 부친의 운명을 알리는 음향이 길게 울렸다. 모친은 모니터를 확인하고 넋이 나간 표정으로 다가서서 부친의 손을 감싸 안으며 꿇어앉았다. 그리고 체념한 듯 입을 열었다.

"여보, 뭐가 그리 급해서. 우리 걱정 말고 잘 가시오. 부디 저승에선 정희하고 친하게 지내구요."

모친은 슬픔을 이기지 못하고 오열하기 시작했다.

이윽고 간호사들이 다급하게 뛰어오는 소리가 들렸다. ✳

자서전 써주는 여자

존경하는 재판장님!

전 너무 억울합니다. 저는 장충삼 씨를 살해한 혐의로 구속 수감 중인 미결수입니다만 결코 살인자가 아닙니다. 장 회장님을 죽인 것은 편향된 시각으로 세상을 보면서 때로는 악마의 발톱을 드러내어 장애물을 제거한 야만적인 사람들입니다. 장충삼 회장님은 시대의 폭풍 속에서 길을 잃었고 그를 옥조인 광포한 세력들에 의해 자멸의 길을 택한 것입니다.

제가 장충삼 회장님을 만나게 된 건 운명이란 말 말고는 달리 해석할 방법이 없습니다.

작년 가을 유난히 바람이 거세게 창문을 뒤흔들어 밤잠까지 설치게 만든 날이었습니다. 어쩌면 그 바람이 인연의 전조였던 것 같습니다. 그렇게 한밤 내내 요란을 떨던 바람은 낙엽들만 이리저리 흩어놓은 채 사라지고 따스한 가을 햇살이 잔잔히 퍼지고 있었습니다. 숲을 거쳐 온 싱그러운 향기를 길게 들이마신 후 병원 문을 열고 들어섰을 때 로비에는 아침 일찍부터 환자와 보호자들로 가득 차 있었지요. 부산스러운 로비를 지나 구부러진 복도를 펴며 맨 구석의 병실 문을 열었어요. 퀴퀴한 병원 냄새, 소독약과 환자의 상처와 음식에서 내뿜는 죽어가는 냄새가 버무려진, 유쾌하지 못한 공기가 쏟아져 나왔습니다. 함께 쓰는 4인 병실의 사람들과 눈인사를 했지만, 그들도 잠을 못 잤는지 밝은 표정들은 아니었습니다.

　집에서 준비해 온 밑반찬을 냉장고에 집어넣고 창가로 가 커튼을 젖히고 창문을 열었습니다. 부드러운 바람이 따사로운 햇살과 함께 들어와 창가 턱에 앉아 수줍게 헤살대는 소국 화분을 쓰다듬더군요. 남편도 밤새 잠을 못 이루었는지 아침밥은 손대지 않은 채 잠만 자고 있었습니다. 젓가락으로 몇 번 끼적이다가 밥상을 물리는 남편은 입맛이 없는 게 아니라 살맛이 없는 게 분명했어요. 희망이 없는 건 아닌데 지레 포기해버리는 남편이 미웠습니다.

"이식을 받으면 살 확률이 50대 50입니다. 헌데 수치 맞는 사람을 찾는 것도 문제고. 시간이 없어요. 다른 부분에 전이되면 소용도 없고."

의사의 말에 딸과 호주에서 공부하는 아들까지 불러들여 검사했으나 혈액형과 수치가 맞지 않았어요. 장기를 구한다고 여러 군데 부탁은 해놓았지만, 막상 구한다고 해도 당장은 그 엄청난 비용을 지불할 방법이 없었습니다.

'살 만큼 살았으니 쓸데없는 짓 말라'는 남편 말에 속이 부글부글 끓어올랐으나 병실 안 사람들의 눈치를 보느라 대꾸도 못하고 집에 와서 펑펑 울다가 잠이 들었습니다. 그러잖아도 어린애처럼 투정이 많던 남편이었는데 간암으로 판정받고 나서는 짜증쟁이가 됐습니다. 투병하게 되면 누구나 이기적으로 변한다고 하지만 장병에 효자 없다고 간병 하는 사람이 더 지친다는 것을 몰라주는 게 야속했지요. 하지만 무슨 일이 있어도 당신 병은 내가 고치겠으니 체념 말라고 신신당부를 했습니다.

물건들을 정리하다 집에서 티슈를 가져온다는 걸 깜빡 잊었어요. 병실을 나서 병원 내 마트를 찾아가는데, 안내 데스크 옆 게시판에 시선을 꽂은 젊은 여자의 모습이 눈에 들어왔어요. 그 앞을 지나면서 곁눈으로 슬쩍 보았는데 여러 개의 게시물 중에 '간병인 구함'이라는 큰 글자가 눈에 들어오지 뭡니까. 저는 요양보호사 자격증도 있고 간병인 경험도 있거든요. 순간 온몸에 전율을 느끼면서 다리가 굳은 듯했어요. 내가 다가가자 젊은 여자가 슬쩍 쳐다보더니 자리를 비켜주었습니다. 그런데 간병인의 조건이 특이했어요.

'독서를 많이 한 여성'

연락처로 전화를 걸었지만 한 번은 통화 중이었고, 재 통화를 시도했을 때는 연결음이 비교적 길게 이어졌지만 받질 않았어요. 발길을 돌려 마트에 막 들어서려는데 전화벨이 울렸습니다.

"전화 주신 분이죠?"

"아. 네"

"요즘 장난 전화가 너무 많아서 확인하고자 연락드린 겁니다."

전화 건너편의 목소리는 의외로 젊었습니다.

"저 쪽지 보고 전화한 건데요?"

"아 그러세요. 문의 전화가 많아요. 이력서와 자기소개서 준비하시고 찍어주는 주소로 내일 아침 10시까지 찾아오세요."

"몇 가지 궁금…… 여보세요?"

말이 다 끝나기도 전에 전화는 끊겼습니다.

남편이 입원한 후로 생활은 엉망이 되었습니다. 보험계약자들을 만나지 못하니 수당은 점점 줄어들고, 독거노인들 관리하는 일에서도 쫓겨났습니다. 그나마 그간 남편 이름으로 들어놓은 보험금을 타서 입원비를 물고, 딸 학비에 보태고 보험료 치르고 생활비를 충당하고는 있지만, 상상 이상의 수술비를 마련하기란 막막했습니다.

그나마 사정을 아는 딸이 학비 걱정은 말라면서 알바를 시작했고, 가이드를 하며 유학을 하는 아들은 병원비에 보태라며 천 달러를 부쳐왔어요.

오랜만에 화장대 앞에 앉아 화장품 용기부터 닦았습니다. 고객을 만나려면 늘 화사하게 화장을 했었으나 남편이 입원하고 나서는 먼지가 내려앉을 정도로 팽개쳐 뒀었거든요. 정성들여 눈화장을 하고 장밋빛 립스틱으로 마무리하고 일어섰지요. 몇 벌의 옷을 꺼내 거울에 비춰보고 나서야 파란색 슈트 정장을 차려입고 지하철을 탔습니다. 빈자리에 앉아 어제 저녁 여러 시간 끙끙대며 만든 서류를 봉투 속에서 꺼내 펼쳤습니다. 가난했던 어린 시절 문청의 꿈을 품고 수필가가 된 사연부터 간병인을 하고자 하는 이유를 두 장에 요약적으로

자서전 써주는 여자

서술했습니다. 면접을 본다는 사실에 생각이 미치자 심장의 박동이 느껴지더군요. 지하철에서 내려 비탈진 골목길을 한참 걸어가다 다리가 파근할 무렵에야 목적지에 다다랐습니다. 굳게 닫힌 철문 위에 CCTV가 설치되어 있었어요. 있는 사람일수록 의심이 더 많은가 봅니다. 초인종을 누르자 문이 열리고 잘 정리된 커다란 정원이 눈에 들어왔어요.

하얀 와이셔츠, 붉은색 넥타이에 자주색 카디건을 입고 단정한 머리에 무스를 발라 멋을 낸 젊은 청년이 서류를 살피는 동안 전 그를 살폈습니다.

"수필가시고, 독서지도사, 보험설계사, 요양보호사. 스펙이 상당하시네요. 좋아요. 박인옥 씨를 고용하도록 하겠습니다. 거기 계약서에 근무조건, 보수까지 적어놓았으니 읽어보시고 사인하세요."

그 청년은 서류를 사각봉투 안에 집어넣으며 마른 모래 같은 어투로 말했습니다.

"오래 근무할 사람이 필요합니다. 10시 출근, 7시 퇴근입니다. 근무 성과에 따라 봉급도 올리고 보너스도 지급됩니다."

제시한 월급은 예상외로 많았습니다.

"저는 회장님의 조카입니다. 회장님의 지시에 따라 회사 일을 관리하고 있죠. 돌보실 분은 회장님인데 아마 이름을 들으면 아실 겁니다. 국회의원까지 지내신 장 충자 삼자 님이십니다."

장충삼? 정치에 관심이 없는 제 기억엔 당연히 없는 이름이었습니다.

"회장님이 오케이 하시면 내일부터 출근하십시오. 책을 읽어드리고 말벗해드리는 게 주 임무입니다. 그리고 12시에 점심, 6시에 저녁을 차려드리시고 식사 후 목욕을 시켜드리면 제가 퇴근해서 교대해 드릴 겁니다."

회장님이 거처하는 방으로 이동하면서 그는 명함을 내밀었습니다.

"일이 생기면 이리로 연락 주세요."

그의 직책은 비서였고 이름은 장인철이었습니다.

장충삼 회장님은 커다란 방, 화려한 침대 위에 등 받침을 올린 채, 수를 놓은 잠옷 위에 가운을 걸치고 앉아 있었습니다. 방은 그의 취향인 듯 한쪽 벽면은 책장으로 또 한 면은 골동품 도자기와 그림으로 꾸며져 있었어요. 제 인상이 마음에 들었는지 어색하게 웃었는데 둥글넓적한 얼굴에 대머리에다 두툼한 주먹코가 그리 보기 싫은 인상은 아니었습니다. 몇 년 전 풍을 맞아 오른쪽 손발은 부기가 빠졌으나 아직도 거동은 불편한 상태였습니다. 거기다 최근에 췌장암 판정을 받았으나 연세도 있고 위험해서 수술 못 하고 외국에서 고가의 약을 구해 연명하고 있다고 장 비서가 말해 주었습니다. 같은 환자라도 남편은 비쩍 마르고 병색이 완연한데, 장 회장님은 영양을 충분히 보충한 탓에 얼굴에서 빛이 났습니다.

남편에게는 보험회사에 다시 나가야 한다고 거짓말을 했습니다. 출근 전과 퇴근하면서 병원에 들러 남편의 상태를 살폈지요. 병상에 붙어 있는 자그만 책상 위에 노트북을 가져다 놓았으나 다른 병상의 방문객들 때문에 시끄러워서 병실에서는 책 한 줄 읽기가 힘들었지요. 정말 책을 펼쳐 본 지도 오래되었습니다. 늦은 시간 귀가해서 빨래며 청소며 집안 정리를 하다 보면 피곤이 몰려와 지인들이 보내준 각종 책의 봉투조차 뜯어 볼 여유도 없이 곯아떨어졌으니까요.

환자의 비위를 맞추며 간병한다는 게 보통 체력과 의지만으로 되는 건 아닙니다. 잠깐 화장실을 다녀오는 사이에 돌보던 환자가 침상에서 떨어져 골절상을 입었어요. 환자와 보호자들로부터 당하는 갖은 욕설과 모멸감, 책임을 묻는 병원 측의 태도를 참을 수 없어 요양병원 근무를 그만두었습니다. 쥐꼬리만 한 월급에 보잘것없는 사설병원의 시설에 비하면 장회장님의 병간호는 양반이었습니다. 그는 식성도 까다롭지 않아서 무슨 음식이든 맛있다고 잘 잡수셨으니까요. 식사하는 모습을 옆에서 지켜보노라면 가족도 없이 홀로 된 처지가 참 딱하게 생각되기도 했습니다.

책장에 비치된 책들은 외국 정치인들의 연설문, 위인전기, 중국 고전 시리즈들과 불교 서적, 한국 유명 작가들의 대하소설이 주류를 이루었습니다.

"좋은 책이 있으면 구해 와요. 아 참. 내 옛날에 읽었던 외국소설이 기억나는데, 왜 있잖소? 고아인 주인공이 부잣집에 들어가 천대를 받다가 주인집 아가씨와 눈이 맞아서 복수하는 내용인데……."

처음에는 어떤 소설인지 언뜻 떠오르지 않았어요. 머릿속에서 여러 생각을 하며 서점을 찾아 고전 명작을 중심으로 소설을 고르는데, '폭풍의 언덕'이라는 책 앞에서 딱 시선이 멈춰진 거였어요. 회장님이 원하던 책이었지요. 한꺼번에 일곱 권의 책을 구해와 오전, 오후로 나눠 한 시간 씩 읽어드렸습니다. 회장님은 의식이 또렷해서 한 장을 마치고 나면 주인공의 태도에 대해 자신의 의견을 덧붙이곤 했어요.

"요즘은 가물가물 하다니까. 어제 어디까지 읽었소?"

"히스클리프가 캐서린의 올케 아가씨를 데리고 도망가는 장면까지요. 오늘은 13장부터 읽을 차례입니다."

"아 그랬었지. 그건 그 아가씨를 사랑해서가 아니라 복수를 하기 위한 행동이지요? 어서 읽어요."

그는 몸을 지긋이 침상에 기대고 왼팔로 오른팔을 주무르며 듣기 모드로 들어갔어요. 저는 안경을 끼고 책상 거치대에 책을 올려놓고 읽기 시작했습니다.

"두 달 동안 도망간 두 사람은 나타나지 않았답니다. 그 두 달 사이에 캐서린 아씨는 뇌막염이라는 병중에서도 가장 악성 뇌막염에 시달렸지만 결국 이겨냈어요. 하나뿐인 자식을 간호하는 어머니라도 그렇게 헌신적으로 간호하지 못할 만큼 에드거 서방님은 지성으로 아씨를 돌보았어요. 그는 밤낮으로 병자 옆에 지켜 앉아 캐서린 아씨가 아무리 짜증을 내도 성가시게 굴어도 끈기 있게 참는 것이었어요……. 도대체 히스클리프가 당신에게 무슨 짓을 한 거예요? 당신에게 무슨 짓을 했기에 그렇게 미움을 사는 거예요. 차라리 이 집에서 나가라고 하는 게 낫지 않겠어요?"

여기까지 읽었을 때 콧소리가 들렸어요. 처음에는 잘 버티더니 체력이 떨어지는지 요즘은 30분을 이겨내지 못하고 잠의 포로가 되고 맙니다.

어느 날은 잠든 틈을 타서 세탁물들을 마당 빨랫줄 위에 널고 나서 안락의자에 앉아 모처럼 나온 햇볕을 즐기다가 깜빡 잠이 들었지 뭡니까. 지잉 징 울리는 챠임 벨 소리를 잠결에 듣고 후다닥 달려갔습니다.

"뭐 하고 있었소? 한참을 눌렀는데."

"마당에 빨래를 널고 있어서 못 들었어요."

"오늘은 오랜만에 햇볕이 난 것 같군."

회장님은 생기가 솟는 듯 기지개를 켰습니다.

"예. 봄날 같아요. 회장님, 과일 좀 내올까요?"

"아냐, 나 마당에 데려다줘요. 누워만 있었더니 좀이 쑤셔서. 지난번 풀어놓은 비단잉어와 꽃나무들은 잘 자라는지. 보고 싶구만."

휠체어를 가져다 놓고 부축하려는데 거부를 하며 왼쪽 팔과 다리를 이용하여 옮겨 앉았습니다.

"운동을 안 하니 체력이 날마다 떨어지는 것 같아. 아프기 전에는 매일 아침 일찍 뒷산 약수터까지 뛰어다니곤 했는데 말야."

그래서인지 목욕시킬 때 본 그의 팔과 하체는 젊은이처럼 탄력이 있었어요. 두툼한 털 스웨터를 입히고 무릎 담요를 덮고서 마당으로 나왔습니다.

"참 날씨 좋구만."

축구장을 만들어도 될 만큼 정원은 넓고 깨끗했습니다. 잔

자서전 써주는 여자

디를 깐 마당을 중심으로 화단이 있고 물고기들이 뛰어노는 연못과 수령이 꽤 되는 키 큰 나무들이 있는데 정원사가 일주일에 한 번씩 드나들며 관리를 했습니다.

휠체어를 끌고 연못에 다다르자 회장님은 잉어 먹이를 한 손으로 들고 뿌리면서 소리쳤어요.

"히야 저거 끔벅이는 거 좀 봐. 저 녀석 아주 잘 먹어서 통통해 졌구만. 허허허"

"잉어들도 햇볕이 좋은가 봐요. 물 밖으로 튀어 오르는 모습이 귀여워요. 호호호"

웃음까지 섞어서 회장님의 즐거워하는 모습에 장단을 맞추었지요. 회장님 웃는 모습은 오랜만에 봤습니다. 방 안에 있으면 웃을 일이 별로 없으니까 말입니다.

"미물이나 사람이나 저렇게 서로 모여 살아야 해. 인철이한테 들었는데 남편도 입원해 있다면서?"

"예."

"남편은 무슨 일을 하다 그리 되었소?"

"건설회사 하도급 맡아 토목공사를 했어요. 한때는 30명이 넘는 직원을 데리고 잘 나갔는데 그놈의 IMF 때문에 줄 부도를 맞게 된 거지요. 그때부터 줄곧 술로 지내다가……."

"저런. 나도 건설업을 하는데 그때가 참 힘들었지. 그래도 자식들이라도 올곧게 자라주니 얼마나 좋아?"

그의 얼굴에 다시 그늘이 생기는 것을 보았습니다.

"난 자식 농사 실패한 놈이요. 자식들 너무 믿지 말아요. 다 도둑놈들이야. 이렇게 병든 나를 내팽개치고 딸과 와이프는 미국에서 올 생각도 않고. 아들놈들은 재산 다툼하다가 칼부림을 해서 작은놈이 형을 죽이고 감방에 가 있으니. 돈은 너무 많아도 걱정, 없어도 걱정이지."

그 말에 대꾸할 말을 찾지 못해 우물쭈물하는데 회장님이 나를 쳐다보며 다시 입을 열었습니다.

"박인옥 씨."

깜짝 놀랐습니다. 제 이름을 불러준 것은 처음이었으니까요.

"지난번 읽어주었던 소설 있잖은가? 폭풍의 언덕. 그 남자 주인공 이름이 뭐였지?"

"히스클리프예요."

"그래, 그 주인공처럼 나의 인생도 배신과 복수의 연속이었어. 잘못한 일도 많았고, 못된 놈들도 많이 만났지. 누워서 곰곰이 생각해보니 너무 억울한 인생을 살았단 생각이 들어. 그래서 기억이 더 흐려지기 전에 세상에 대해 반성도 하고 후세 사람들에게 교훈을 남기고 싶소. 그걸 박 여사에게 부탁하고 싶어요."

"제가 할 수 있는 일이라면 도와드려야죠."

"박 여사 글솜씨 뛰어나다는 걸 알고 있소. 우리 상부상조 합시다. 인옥 씨는 목돈이 필요한 상황이니 내 자서전을 써 주면 남편 수술비는 내가 부담하리다."

마음속에서는 쾌재를 부르고 있었으나 입 밖에 나온 말은 간사스러웠습니다.

"아휴. 제가 경험도 없고 능력도 안 되는데요."

"걱정 말아요. 내가 구술해 주는 말을 문장으로 다듬어주면 되오. 내 이름으로 된 책 한 권은 남기고 싶소. 날 도와주시 오."

제 손을 잡고 쳐다보는 장 회장의 눈빛은 간절했습니다.

마련해 준 노트북과 녹음기를 사이에 두고 다음날 아침부 터 책 읽어주는 일 대신 회장님의 기억을 더듬는 구술이 진행 되었어요. 오전에 구술을 듣고 그가 낮잠을 자는 사이 타이핑 해서 오후에 보여 의견을 듣고 귀가해서 고치고 저장해 두기 를 반복했습니다. 구술을 들으면서 그의 질풍노도의 시간은 폭풍 속에 갇혀 있었다는 걸 알았습니다.

"젊은 시절 고향을 떠나올 때의 억울한 심정을 좀 더 설득

력 있게 그려 주시오. 빨갱이들의 만행이 내 인생의 좌표를
바꿔 놓았으깨니."

그는 열여덟 살 되던 해 북녘땅에서 해방을 맞이했지요.
3·8이북에 공산주의 정권이 득세하자 부친은 부르주아 반동
으로 몰려 처형당했고 모든 재산을 다 빼앗기고 혈혈단신 빈
손으로 내려왔다고 했습니다. 건설 현장으로 노숙자 생활을
하다가 공산당 빨갱이를 잡는다는 모집 공고를 보고 서북청
년단 일원이 되어 제주도로 내려갔어요. 그리고 경찰에 배치
되어 매일 상부의 지시에 따라 빨갱이 소탕 작전에 나섰답니
다. 그는 그 시절의 영웅담을 평소와는 달리 이북 사투리까지
써가며 생생하게 구술했습니다. 원수들에 대한 적개심으로
산에서 보이는 사람들은 남녀노소 불문하고 무참하게 살해했
다는 그의 말엔 아직도 분통함이 남아있는 듯했습니다.

회장님의 도움으로 제 형편이 많이 나아졌습니다. 두둑하
게 받은 계약금으로 장기 제공자가 생기면 당장 수술하겠다
고 의사 선생님께 부탁도 했지요. 병실도 특실로 옮겼습니다.
안정을 취한다는 명분이었지만 사실은 남의 눈치 보지 않고
자서전을 다듬기 위해서였습니다.

한쪽 구석에 노트북을 가져다 놓고 남편이 자는 틈을 타 작

업했습니다. 그런데 어느 날, 작업하다 잠시 밖에 다녀와 보니 남편이 침상에 일어나 앉았는데 얼굴빛이 예사롭지 않았습니다.

"당신 장충삼일 어떻게 알아?"

노트북을 살펴봤던 모양입니다.

"왜 남의 것을 훔쳐보고 그래요."

도둑질하다 걸린 사람처럼 소리부터 질러 놓고 보니 거짓말한 것이 마음에 걸렸어요. 환자 앞에서 남을 간병하고 있다는 말은 차마 얘기할 수 없었으니까요.

"말 못 했는데 사실은 그 분 자서전을 써주고 있어요."

"그놈이 어떤 사람인 줄 알기나 해?"

남편이 얼굴을 붉히며 적개심을 드러냈을 때 전 영문을 몰라 얼굴만 멀뚱하게 쳐다봤습니다.

"그놈 서청으로 와서 우리 마을 사람 숱하게 죽인 살인마야. 당신 시아버지, 행방도 모르는 우리 아버지를 끌고 간 원수 놈이란 말이야. 내 말이 믿기지 않으면 직접 물어봐. 서하리 제삿집 사건이 뭐냐고?"

그제야 남편의 고향이 제주도란 걸 깨달았습니다. 그 사건 때문에 모친은 어린 딸과 핏덩이를 안고 육지로 도피해서 무진 고생했다는 얘기를 들은 생각이 났습니다. 길길이 날뛰는 남편을 진정시키고 집에 돌아와서 장충삼이란 인물에 대해 인터넷 검색을 했습니다.

장충삼은 평안남도 용강 출생이었습니다. 젊은 시절의 기록은 없었고 학력은 K대 경영대학원 수료, H당 재정위원 등 정치적 이력들이 즐비했고, 용강건설을 창립하여 레미콘, 흄, 주택 등 건축 자회사를 여럿 두어 그룹 회장으로 있으며 14대 전국구 국회의원을 지냈다고 기록되어 있었어요. 그리고 뇌물사건 연루, 장충삼 뇌물혐의로 구속 등의 신문기사 제목이 뒤를 이었습니다.

남편과 직접 연관된 사람인 걸 알게 된 이후로 그에 대한 태도가 달라진 건 어쩔 수 없는 것 아니겠습니까? 하지만 전 생각했지요. 공과 사는 구분해야 한다. 대필은 내 직업이다. 거기에 사심이 끼어들어서는 안 된다. 이건 진심이었습니다. 그렇지 않았다면 전 남편의 수술을 포기하고 간병 일을 그만두어야 했으니까요.

헌데 사심을 품은 건 장충삼 회장님이었습니다.

사업 시작과 성공했던 기간의 구술내용을 검토하고 저녁을 끝낸 후 샤워를 할 때였어요. 그가 욕실에 들어오기 전 전 먼저 들어가 따뜻한 물을 욕조에 받아놓고 물소 가죽이 깔린 침대를 씻어놓곤 하지요. 그리고 십여 분 후 그가 욕조에서 나오기를 기다려 부축하여 침대 위에 눕히는데 그날은 이상했어요. 그는 얼굴에 홍조를 띠면서 흥분하고 있었고 욕조에서 나오면서 휘청거리더니 하마터면 넘어질 뻔했지요. 그의 겨드랑이에 머리를 끼고 부축하는데 손으로 툭 하고 제 가슴을 쳤어요. 실수이겠거니 하고 모른 척했는데 그의 양물이 발기했더라고요. 전에는 보지 못하던 광경이었어요. 침대에 눕히고 아랫도리를 수건으로 덮었어요. 그는 가만히 눈을 감고 있었어요. 샤워기로 그의 몸에 물을 뿌리며 비누칠을 하는데 그가 신음처럼 숨을 내뿜더니 입을 열었어요.

"구술을 시작하면서 오래 살고 싶다는 생각이 들어. 박 여사 같은 사람 만나면 다시 연애도 하고 싶고."

그러면서 그는 왼손을 수건 속으로 넣어 수음을 시작했습니다. 숨소리도 거칠어지고 얼굴은 벌겋게 달아올랐습니다. 그제야 그간 간병인들이 오래 견디지 못하고 그만둔 이유를 알 수 있을 것 같았습니다. 염치없는 뻔뻔한 늙은이하고는. 난 단호하게 말했습니다. 그의 성욕을 제어할 의도로 말입니다.

"장충삼 회장님! 제주도 서하리 제삿집 사건 아시죠?"

그는 동작을 멈추고 멀뚱하게 나를 쳐다보았습니다.

"그때 회장님은 그 마을 사람들을 체포하고 지서로 데리고 갔는데 그 사람들은 그 후 행방불명되었어요. 그들을 어떻게 하셨죠?"

제 의도는 적중했어요. 그는 눈을 감고 떨리는 소리로 말했습니다.

"당신 도대체 누구야? 내가 구술도 안 했는데 그 사실을 어떻게 알았어?"

"제 남편이 그 유가족 중의 한 명입니다."

그러자 갑자기 장 회장은 숨을 몰아쉬더니 가슴을 부여잡고 고통스러워하는 것이었습니다. 쇼크가 오려는 것을 직감하고, 방으로 가서 비상약을 가져다 먹이고 가슴을 천천히 마사지했습니다.

그러는 사이 장 비서가 왔고, 전 일을 그만두겠다고 말을 했습니다. 그도 미리 짐작하고 미안하다는 말로 저를 위로했습니다.

그들은 무슨 이유에선지 돈을 돌려달라고 하지 않았습니다. 마침 교통사고로 생명이 위독한 환자의 수치 맞는 장기가 있어서 남편은 수술에 들어갔습니다. 그 정도의 돈은 평생을 괴롭힌 남편의 상처에 비하면 턱도 없이 적은 액수니까요.

그런데 슬픔은 방심하는 사이 불쑥 찾아왔습니다. 수술은 잘 끝났는데 남편은 마취에서 깨어나지 못한 상태로 십여 일을 견디다가 결국 세상과 이별하였습니다. 무슨 일이 있어도 남편을 살리겠다고 약속했던 제 말은 거짓이 되어버렸고, 하늘이 무너지는 것처럼 눈앞이 캄캄했습니다.

그렇게 경황없이 장례를 치르고 나서 자식들이 일상에 복귀하자 저도 살길을 찾아야 했습니다. 보험회사와 요양병원 등에 일자리를 알아보고 있을 때에 장 비서가 전화를 걸어왔습니다. 그때서야 장례식 때 용강그룹 장충삼 회장 이름으로 보낸 조화와 장 비서가 조문을 와서 일이 끝나면 회장님이 한번 뵙자고 한다는 말이 생각났습니다.

"큰일 치러서 상처가 깊을 텐데 어찌 괜찮소?"

회장님은 마치 자신 때문에 남편이 죽은 것처럼 죄스러워하는 표정을 지으며 위로를 했습니다.

"죽은 사람은 죽은 사람이고 산 사람은 악착같이 살아야지요. 여러모로 걱정해주셔서 고마웠습니다."

"박 여사의 근황을 들으면서 나도 많이 반성하고 있소. 오래 살아야 할 사람들은 일찍 가고 죄 많은 나 같은 사람은 안 죽으려 연명하고 있으니. 이제 나도 얼마 남지 않았소. 가기

전에 다 털어놓고 회개하고 싶소. 그것이 나로 하여 고통받은 사람들에게 속죄하는 길이고, 사회 정화에도 일조하는 일이라 생각하오."

그때 저를 바라보는 장 회장님의 표정은 마치 판결을 기다리는 죄인처럼 보였습니다.

"다시 시작합시다. 좀 도와주시오, 박 여사."

부들부들 떨며 내민 그의 왼팔을 두 손으로 잡았을 때, 그간 기력이 많이 쇠잔해졌음을 느꼈습니다.

자서전 쓰는 작업은 다시 시작되었습니다. 변화라면 샤워는 장 비서가 맡기로 했다는 것입니다. 먼저 서하리 사건에 대해서 털어놓았습니다.

"그 당시는 미군정 시대였어. 미국이 이승만을 내세워 남한 단독정부를 세우려고 할 때인데 제주도에서 남로당 일파의 선동과 방해로 선거를 못 치르게 되었지. 빨갱이를 소탕하라는 명령이 내려졌지만, 그들은 산으로 숨어서 저항했어. 공비 토벌 결과가 지지부진하자 상부에서 불호령이 떨어졌어. 그와 동시에 서청대원들 중 전공이 많은 자는 경찰로 특채한다는 소문이 나돌았지. 채찍과 당근을 동시에 준 거지. 그런데 내가 서하리 관할 지역인 애월 지서에 배치받아 근무하고 있었는데 어느 날 밤 폭도가 나타났다는 첩보가 들어왔어. 무장하고 동료 대원과 산간 마을 서하리로 가서 확인해보니 어느 집에 제사를 지내는데 폭도들이 와서 밥이랑 제물들을 모두 가져갔다는 거야. 우린 그들과 내통하고서 음식물을 제공했다고 판단했지. 거기 모인 사람들 신원을 확인하는데 남편이 행불인 젊은 여자가 있었어. 우린 그 여자와 제삿집 주인과 체포에 거세게 항의하는 사람 등 셋을 포승줄에 묶어 지서로 호송했어. 가는 도중에 갑자기 가운데 놈이 똥이 마렵다며 잠시 포승줄을 풀어 달라고 했어. 동료 대원은 안 된다고 했지만 난 순진하게 풀어줬지. 달이 밝은 밤이었지. 그놈은 길가 밭담 안으로 들어갔고, 한 놈은 밭담 앞에서 허리춤을 내리고 소변을 보았고 젊은 처자는 벌벌 떨며 서 있었어. 난 조금 떨어져 담배 한 대를 피우고 있었는데 똥 싸러 간 놈이 '튀어' 하는 신호에 오줌 싸던 놈이 허리춤을 잡고 달아났어. 동료와 난 잽싸게 총을 들어 쏘았어. 두 놈이 쓰러지자 젊은 여자는 겁에 질려서 꼼짝 못 하고 있었지. 헌데 동료 정 가는 그 여자를 유채밭 안으로 끌고 가 욕정을 채웠어. 총 맞은 사람을 확인했는데 한 놈은 머리에 한 놈은 가슴에 관통상을 입고 즉사했더군. 그 모습을 보자 온몸이 떨려서 담배만 빨았어. 헌데 잠시 후 다시 총소리가 났는데…… 후환을 두려워한 정 가의 짓이었어."

그는 생생하게 그날 일을 기억하고 있었습니다. 그중에 남편도 보지 못한 시아버님이 있었겠지만 전 덤덤하게 기록만 했습니다. 그리고 그들은 곧장 지서로 가서 삽과 곡괭이를 가져와 아무도 몰래 그들을 묻었다고 했습니다.

"남편은 평생 한을 안고 살다 갔습니다. 지금이라도 돌려주세요."

회장님은 잠시 생각에 잠기더니 이내 결심한 듯 말했습니다.

"그래 갑시다. 세월이 오래 지났지만 기억을 더듬으면 찾을 수 있을 거요. 헌데 인철이한테는 그냥 여행 가는 것으로만 해줘요."

이런 사실을 시누이한테는 알려야 할 것 같아서 회장님에게 양해를 구하고 동행하여 제주도로 갔습니다. 어머님 유골을 고향에 모시고 간 것이 십 년이 채 안 되었는데 서하리는 많이 변해 있었습니다. 아프기 전에는 가끔 들렀다는 회장님도 도시처럼 변해가는 모습에 놀라워했습니다. 우리가 도착한 곳은 농원으로 변해 있었으나 주변의 큰 나무와 삿갓처럼 생긴 돌 바위 등을 유추하며 장 회장님은 유골이 묻힌 곳을 가리켰습니다.

농원 주인의 허락을 얻어 그날 밤 몰래 포클레인을 이용해 세 구의 유골을 발굴해냈습니다. 시누이는 누가 들을까 봐 손등으로 입을 막고 울었지만 전 남편 생각에 말없이 눈물만 흘렸습니다. 회장님도 휠체어에 기댄 채 지켜보다 손수건을 꺼내어 눈가를 훔치더군요.

"내가 회개한다고 용서가 될까?"

"진심으로 참회하는 사람에게 누가 돌을 던지겠습니까? 잘하셨습니다. 고맙습니다."

그런데 영원한 비밀은 없었습니다. 서울에 올라와 유골의 감정 결과를 기다리는 동안 지역신문에 서하리 사건과 유골이 발견되었다는 기사가 특종으로 보도되었습니다. 유족들과 시누이가 인터뷰했고 장 회장님의 이름이 이니셜로 나왔습니다.

그로부터 회장님을 찾아오는 사람이 많아졌습니다. 대개가 노회한 정객들과 가슴에 훈장을 달고 다니는 퇴역군인들이었고, 게 중에는 TV에서 가끔 봤던 이름 있는 정치인들도 있었습니다. 들리는 대화 내용과 상기된 표정으로 보아 그들은 문병을 온 것이 아니라 회장님을 힐난하거나 위협하는 것 같았습니다.

손님 치례를 마치고 퇴근 인사하러 회장님 방에 들어간 날이었습니다.

"괜히 손님 불러들여 부산스럽게 해 미안해요."

"아닙니다. 제가 괜한 일을 저질러서 회장님을 욕보이는 것 같습니다."

"그들이 이러는 이유가 있어. 장 비서에게 입단속을 시켰는데 자서전 어쩌고 하는 바람에 지레 겁먹고 저러는 거야. 헌데 아까 정대찬 봤지? 대통령 후보로 유력한 인물 말이야?"

"예, TV에서 본 것보다 훨씬 젊은데요?"

"사람은 속과 겉이 다른 거야. 그 사람과 난 애증 관계가 많거든. 같은 이북 출신이고 정치도 함께 했고 그 사람 때문에 감방에도 갔지. 헌데 그 사람이 제일 속 탈 거야. 왠지 알아?"

저는 무슨 소리가 이어질까 궁금해서 회장님 입만 쳐다봤습니다.

"서하리 사건 때 그 동료가 정대찬이거든."

전 못들을 이야길 들은 것처럼 머릿속이 텅 비어가는 것을 느꼈습니다.

그 후로 회장님은 주로 사업을 하면서 만났던 정치인들과의 인연을 구술했습니다. 당신이 뇌물사건으로 전과자가 되

자서전 써주는 여자

었으나 그것은 정치적인 야합의 결과물이었다는 것을 서류와 녹취록 등을 보여주며 진상을 얘기했습니다.

원고를 출판사에 넘긴 날, 전 이제 일을 그만둬야 할지를 물었습니다. 회장님은 이승을 떠나는 날까지 당신의 곁을 지켜주었으면 좋겠다고 말을 했어요. 회장님도 후련했는지 그날은 수고했다며 제게도 그 비싼 와인을 한 잔 권해 주셨습니다.

그런데 며칠 뒤 오후. 장 비서한테서 전화가 왔습니다. 지방 출장을 가 있는데 사정이 생겨서 밤늦게나 도착하게 될 것 같으니 바쁜 일이 있으면 먼저 퇴근하라고 했습니다. 허나 딱히 할 일도 없고 올 때까지 기다리겠다고 했지요.

회장님의 인간적인 면모를 알게 되면서 존경하게 됐고, 애련의 감정이라 할까요. 한편으론 측은하게 생각되기도 했습니다.

식사 후 저는 아무 생각 없이 회장님에게 샤워할 것인가 물었고 그래 주면 고맙겠다고 했습니다. 수증기가 안개처럼 뽀얗게 거울을 덮을 즈음 회장님은 수건으로 앞을 가린 채 절뚝이며 들어오면서 말씀했습니다.

"출판사에 몰래 넘겼지만, 인철이가 곧 찾아낼 거야. 지금은 나한테 충성하고 있지만 결국 그들은 한패야. 서로 끌어주고 밀어주지 않으면 사업이나 정치가 돌아가지 않아."

"참 제목은 생각 해보셨어요? 출판사에서 독촉 전화가 여러 번 왔어요."

회장님은 탕 안의 따뜻한 물속에 깊숙이 담그고 있던 얼굴을 내밀었습니다.

"박 여사가 말한 '폭풍의 숲에서 길을 잃다' 이상 좋은 걸 생각할 수 없어. 그걸로 해요."

"예. 그렇게 전달하겠습니다."

회장님은 침상에 누워 눈을 감은 체 아무 말도 하지 않았어요. 그날은 정성들여 회장님을 씻겨드리고 안방으로 모셔드렸습니다.

회장님께 간식과 와인 한 잔을 가져다가 드리고 나서 전 욕실을 정리하고 샤워를 했습니다. 거기서 샤워를 한 것은 처음이었습니다. 쏟아지는 물줄기를 온몸으로 맞으면서 희열이 피어오름을 느꼈습니다. 해냈다는 성취감, 두둑하게 받은 원고료, 그리고 책이 출간되고 나서 나타날 반응 등 여러 가지 생각이 스치면서 마음이 한껏 부풀어 오르고 엷은 흥분까지 느꼈습니다. 저절로 콧노래가 나왔고, 적당히 따스한 물줄기가 살갗에 부딪히는 쾌감을 즐기는데 이상한 예감이 들었습니다. 샤워 꼭지를 잠그고 입구 쪽을 보니 열려있는 문 앞에 잠옷 차림의 회장님이 휠체어에 앉아 쳐다보고 있었습니다. 깜짝 놀라 몸을 움츠리며 '회장님' 하고 소리쳤지요.

그런데 회장님은 피하기는커녕 애절하게 저를 보며 말했습니다.

"난 이승에서 할 일을 다 한 것 같소. 이제 곧 죽어도 여한이 없소."

순간 지난번 일로 진단을 받았을 때 심근 경색 증세까지 있어서 격한 감정은 위험하다는 장 비서의 말이 생각났습니다.

"회장님. 이러시면 위험해요."

"인옥 씨 사랑하오. 당신을 처음 본 순간 내 마음이 떨렸소. 허나 당신은 유부녀였고 늙은이가 주책이라 할까 봐 말을 못 했소. 오늘이 아니면 다시 이런 기회가 없을 것 같소. 내 마음을 받아주시오."

그러면서 그는 다이아몬드 반지를 내밀었습니다. 심장은 떨렸고 왈칵 눈물이 나왔습니다. 이성으로부터 사랑한다는 말을 들은 지가 정말 오랜만이기도 했지만, 회장님은 이미 결연한 결심을 했다고 생각됐기 때문입니다.

"난 지금도 그들의 압박을 견디기 힘드오. 책이 출간되고 나서 고통을 받으니 단 10분만 이라도 당신 품에서 행복을 느끼며 가고 싶소."

"그렇게 두려우시면 책 제작을 중단시키면 되잖습니까?"

"살면 얼마나 더 살겠다고. 그건 나의 반성문이고, 더러운 곳을 씻을 정화수요. 내 운명은 내가 잘 아오. 오래 전부터 죽음의 방법을 생각해 왔소. 제발 도와주시오."

회장님의 진심을 거부할 수 없었습니다. 휠체어를 끌고 안방으로 가 회장님의 가운을 벗기고 자리에 눕혔습니다. 그는 미리 약까지 먹은 것 같았습니다. 그렇지 않고서야 병든 노인네의 그것이 그렇게 부풀어 오를 수가 없지요. 그의 몸을 정성껏 애무했습니다. 그의 얼굴이 달아오르고 신음소리 내며 희열을 느낄 때 그를 내 몸 안으로 받아들였습니다. 몸을 움직이자 그의 호흡은 거칠어지기 시작했으나 전 차마 마주 바라볼 수 없어 눈을 감았으나 눈물은 하염없이 몸을 타고 흘러 내렸습니다.

어느 순간 짧은 탄성이 들리고 눈을 떴을 때 그의 얼굴에 웃음꽃이 번지면서 숨이 차츰 사그라드는 모습을 보았습니다. 식어가는 그의 몸을 한참 부둥켜안고 울다가 젖은 수건을 가져다 그의 몸을 깨끗하게 닦고 나서 장 비서에게 전화를 걸었습니다.

장인철은 생전 회장님 앞에서 보이던 모습과는 사뭇 달리 시신을 보고도 눈물 한 방울 흘리지 않는 비정한 사람이었습니다. 그는 여러 곳에 전화를 한 후 심각한 얼굴로 제게 다가와 냉갈령을 부렸습니다.

"자서전은 출판되지 않을 겁니다. 회장님께 들었던 모든 말은 기억에서 지워버리세요. 그걸 발설했다간 무슨 일을 당할지 모릅니다. 그리고 장례식은 우리가 알아서 치를 테니까 다신 얼씬하지 마세요. 그간 수고 많았습니다."

집에 돌아와 며칠을 앓아누웠습니다. 그러나 회장님이 스스로 택하신 운명을 생각한다면 자서전을 출판하는 게 옳다고 판단했습니다. 그래서 따로 저장해 둔 원고로 다른 출판사를 찾아 제작하여 회장님의 뜻을 이루었습니다. 그러자 세상은 발칵 뒤집혔습니다.

찾는 사람이 많았지만 전 산속의 절을 찾아 남편과 회장님의 명복을 빌며 지냈습니다. 그러나 절집 생활도 속세와 완전 절연할 수는 없어서, 가끔 읍내 오일장에 다녔는데 거기서 발각되었습니다. 언젠가부터 감시당하는 낌새를 느끼고 한밤중 거처를 옮기려 차를 몰고 나오는 도중에 교통사고를 당했습니다. 그래서 중상을 입고 석 달을 병원에서 지냈습니다.

차를 받은 사람은 실수라고 했지만 그건 저를 죽이기 위한 어떤 세력의 치밀한 계략이라고 생각합니다. 의식이 돌아온 즉시 경찰에 신변 보호 요청을 했지만, 장인철은 저를 살인 및 출판물에 의한 명예훼손죄로 고발했습니다.

　존경하는 재판장님!

　저는 갇힌 몸이 되었지만, 제가 한 행동은 부끄럽지 않습니다. 비록 짧은 인연에 제 사랑이 미진했을 진 몰라도 한 인간에게 사랑받았던 건 진실입니다.

　제 말을 입증하기 위하여 '인옥*충삼'이라는 글씨가 새겨진 반지의 보관처를 따로 적어 알리오니 찾아보시고, 부디 선처하여 주시기를 간곡히 부탁드립니다. ✔

자서전 써주는 여자

틈입자

　마치 점령군처럼 위압적인 바람이 사정없이 매질하니 뜰 앞 나무들은 찢어지는 아픔으로 밤새 울부짖었다. 풍경은 밤새 제 몸을 두들기며 울었고 그녀는 두려움에 떨며 온 밤을 하얗게 지새웠다. 민아도 노루잠을 자는지 몇 번을 뒤척이더니 이불을 머리 위로 뒤집어쓰고는 조용해졌다.

　그녀는 고등학교에 입학한 딸의 앞날이 걱정되어 잠을 이룰 수가 없었다. 생각할수록 민아를 망쳐놓은 놈이 밉고 분했다.

　여자는 순결을 잃으면 깨진 항아리라고 귀에 못이 박히도록 듣고 자랐던 그녀였다. 남자와 손을 잡으면 결혼을 해야 한다는 결벽증적 성 관념 때문에 연애 시절 남편이 그토록 끈질기게 요구했던 키스라는 것도 결혼하고서야 허락했고, 그것이 당연하다고 생각했다.

성교육이라는 말조차도 민망스러웠다. 학교에서는 금기하는 것만 배웠다. 친구들이 낄낄거리며 하는 음담을 상스럽다고 피했고 그런 소릴 입에 담는 것조차 불결하다고 생각했다. 그녀는 도덕 강박증에 무장된 채 성장했고 딸에게도 그렇게 교육했다. 초등학교 5학년 때 초경을 치른 후 민아에겐 한여름에도 팬티 위에 속바지를 반드시 입도록 했고 외출 때는 검사까지 했다. 중학생이 되면서 민아의 반항기가 둘 사이에 벽이 되었으나 그녀의 성격을 잘 아는 민아는 집안에서는 고분고분했다.

새벽 예불을 알리는 종소리에 눈을 떴다. 바람이 물러간 창밖은 아직 고요한 어둠이었다. 민아는 이불을 걷어차고 잠옷이 감겨 올라간 줄도 모르고 등짝을 내보이며 웅크린 채 자고 있었다. 그렇게 큰일을 당하고서도 천하태평인 게 미련스럽기도 하지만 한편으론 엄마가 하자는 대로 산사까지 따라와 준 것만도 고마웠다.

그날은 참 이상했다. 그녀가 근무하는 노인요양병원은 치

매 걸린 환자들이 대부분이다. 근무는 돌아가면서 하는데 환자가 깨어 있는 낮 시간 근무가 제일 할 일이 많다.

　김태근 할아버지를 목욕시킬 때였다. 환자복을 벗기고 부축하여 욕탕 속에 들어 앉힐 때만 해도 아무런 문제가 없었다. 그런데 민소매 상의와 반바지 차림으로 욕실로 돌아오니 할아버지가 그녀를 보며 배시시 웃었다.

　"히히 이것 봐. 내 고추 크지?"

　물속 할아버지의 양물이 징그럽게 불끈 서 있었다. 그는 바짝 마른 몸에 비해서 성기는 큰 편이었다. 평상시에는 만지며 비누칠을 해도 축 늘어져 있던 양물이 그날만은 무슨 조화인지 긴장하고 있었다.

　"할아버지 손장난 하셨어요?"

　다가서서 일으키려고 몸을 숙인 순간 그가 그녀의 가슴 속으로 손을 훅 집어넣더니 오른쪽 젖가슴을 움켜쥐었다. 방심하는 사이에 당한 일이었다. 그녀가 아파서 소리치자 남자 간호사가 달려왔다.

　"무슨 일이세요?"

　그제야 그는 손을 놓으며 남자 간호사에게 말했다.

　"히히히. 내 고추. 너보다 크지?"

　"이 할아버지 비아그라 드셨나? 갑자기 왜 이러세요?"

　　　　　　　　　　　　　　　　　　　　틈입자

남자 간호사에게 부탁하고 욕실을 나왔는데 일은 잠시 후에 터졌다. 그녀가 샤워를 하고 사무실로 돌아와 화장을 고치는데 병실에서 소란스런 소리와 함께 남자 간호사가 뛰어들어왔다. 그는 전화기 버튼을 누르며 그녀를 쳐다봤다.

"아니, 소지품 점검 안 했어요? 여보세요 119죠? 여기 수복노인요양병원인데요……."

그녀는 얼른 병실로 달려갔다. 침대에 누워 가쁜 숨을 내쉬는 김태근 환자의 충혈된 눈과 마주쳤다. 그는 간호사의 응급처치를 받으면서도 연신 웃고 있었다. 벗겨진 환자복과 침대 시트는 벌겋게 피로 물들어 있었고 성기에서 나오는 피는 멈추지 않고 덧댄 거즈 밖으로 피어나왔다. 그녀는 바닥에 떨어진 피 묻은 커터칼을 주우며 물었다.

"깊게 들어갔나요?"

간호사는 고개를 끄덕였다.

"큰 병원에서 수술해 봐야 알 것 같아요. 정상으로 돌아올 수 있을지는."

늦은 밤 지하철은 한적했다. 좌석에 앉았는데 맞은편에 학생들 같은데 서로 껴안고 입을 맞추는 장면이 눈에 들어왔다. 뭐라 한마디 해줄까? 자리를 옮겨 앉을까? 하다가 귀찮고 피곤해서 '머리에 피도 안 마른 것들이' 속으로 욕하며 그냥 눈을 감아버렸다.

눈꺼풀이 무거워지면서 잠이 몰려들었으나 내릴 역에 도달할 즈음에는 습관처럼 눈이 떠졌다. 학생들도 보이지 않았다.

집 앞에 도착해서 시계를 보니 열두 시가 넘어있었다. 그런데 집안이 캄캄한 게 이상한 느낌이 들었다. 현관의 불을 켰는데 민아의 신발이 보이지 않았다. 민아의 방을 열어 확인했으나 역시 어지럽게 널린 옷가지와 적막뿐이었다.

천근같이 무겁게 짓누르던 피곤이 달아나며 아침에 실랑이를 벌였던 일이 생각났다.

토요일인데 민아는 학원 오빠 생일 파티가 있다며 화장까지 하고 허벅지가 다 드러나는 주름치마 차림으로 방에서 나왔다. 민아는 고1이지만 조숙했고 제법 균형 잡힌 몸매를 지니고 있어서 남학생들한테 꽤 인기가 있다고 했다. 미에 관심이 많아서 액세서리 하나에도 신경을 많이 썼다. 민아가 현관에서 허리를 구부리고 신발을 신는데 하얀 팬티가 드러났다.

"야 똥꼬 다 보인다. 다 큰 계집애가 제 몸 하나 간수 못 하고 그게 뭐니? 갈아입고 가."

"아이고, 엄마는 후지고 꼴어서 그래. 요즘 다 이렇게 입고 다녀."

그러면서 자랑이라도 하듯 빙그르르 한 바퀴 회전했다.

"엄마 말 안 들려! 갈기갈기 찢어버린다."

"알았어."

그녀의 버럭 소리에 흥이 깨진 민아는 어깨를 축 내리고 터덜터덜 방으로 걸음을 옮겼다.

"학생이 얼굴은 그게 뭐냐?"

"엄마. 생일 파티에 가는데 이 정도는 해주는 게 예의야."

"니 좋아하는 정수 생일도 아니라면서?"

"정수오빠도 같이 참석한단 말이야."

민아는 미술대 진학을 꿈꾸며 봄부터 미술학원엘 다녔다. 원생들 가운데 유독 정수 이야기를 많이 했다. 민아가 휴대전화에 담고 다니는 사진은 그저 고민에 잠긴 평범한 학생일 뿐이었는데 분위기가 죽여준다고 했다. 그런데 정작 정수는 냉정하다고 민아는 가슴앓이하고 있었다.

민아가 바지로 갈아입고 방에서 나왔다.

"속바지 입었어? 어디 봐."

"엄마, 나 고딩이야. 내가 알아서 한다구."

커 갈수록 잔소리가 안 먹힌다는 걸 알지만 민아가 외출할 때면 물가에 내놓은 어린애처럼 항상 불안했다.

"일찍 다녀라."

"학원 끝나고 파티 시작하니까 좀 늦을 거야."
그리고는 인사도 없이 현관문을 소리 나게 닫고 나갔다.

민아에게 전화를 걸었으나 신호는 가는데 받질 않았다.
"아니 이 녀석이 이 밤중에 어디서 노는 거야?"
속이 부글거렸으나 어찌 해 볼 도리가 없었다. 자정이 넘은 밤중이라 민아 친구들에게 전화를 걸기도 그랬다.

'오고 있을 거야. 돈에 대해서는 워낙 탄탄한 애라 택시비 정도는 가지고 있을 테니까. 오는 중일 거야.'

그녀는 자기최면을 걸듯 중얼거렸다. 그러면서 두꺼운 외투를 걸치고 골목 어귀 가로등 밑에 서서 휴대 전화 덮개 열고닫기를 반복했다. 한 시가 넘고 두 시가 다가오는데도 연락이 없었다.

'이 녀석 엄마가 기다리는 줄 알면서 전화라도 좀 하지. 들어오기만 해봐라.'

시간이 흐를수록 초조와 불안으로 몸이 떨리기까지 했다. 그녀는 밖에서 기다리는 게 무망하다고 생각하고 집안으로 들어와 TV를 켰다. 화면에는 연속극이 재방송되고 있었으나 그녀에게는 보이지도 들리지도 않았다.

'혹시 교통사고를 당한 건 아닐까? 골목길을 들어오다가

109 ——————— 틈입자

납치를 당했나? 선배들의 꼬임에 빠져 나이트를 갔나? 토요일이라 정수라는 애와 멀리 내뺀 건 아닐까?

머릿속에는 별의별 생각이 다 들었다.

그녀는 거의 매일 밤 섹스를 요구하는 남편의 심리를 이해할 수 없었다. 냄새나는 혓바닥으로 짐승처럼 핥아대는 것도 징그럽고 싫었다. 남편은 불감증이라고 나무랐다. 처음부터 그런 건 아니었다. 민아를 낳을 때 골반이 내려앉아서 섹스 자체가 고통스러웠다. 의사는 수술을 권유했으나 돈도 없었고 수술이 무서워 포기했다. 다시 임신하게 되면 제자리로 돌아올 수도 있을 거라고 남편은 근거도 없는 말로 채근했지만 귀찮았다. 없는 처지에 민아 하나만 잘 기르자고 설득했으나 남편은 무시로 덤벼들었고 그때마다 언쟁이 일어났다.

섹스는 감정의 교류인데 어느 한쪽이 토라지게 되면 기본적인 욕망도 사그라들기 마련이다. 그런 일이 잦다 보니 정나미가 떨어져 맨살이 닿는 것조차 소름이 돋았다. 안방을 남편에게 내주고 거실에 이부자리를 깔아 TV를 보다 잠이 드니 편하고 자유롭다는 생각이 들었다. 그러나 남편이 다른 곳에서 욕정을 채우고 있다는 사실을 알았을 때는 도저히 용납할 수 없었다. 남편의 그것을 거세하려는 소동을 벌인 후 결국

가정이 파탄났다.

이혼하고 나니 민아의 학비며 살길이 막막했다. 그래서 친구의 소개로 청소부, 도배일, 장례식장 음식 도우미 등 여러 가지 일을 해 보았으나 정규적인 직업이 아니라 수입이 들쭉날쭉했다. 그래서 찾은 게 요양보호사였다. 몇 개월 학원 다니고 자격증 따서 몇 군데 이력서를 집어넣었더니 '수복노인병원'에서 연락이 왔다. 박하지만 고정적인 수입 때문에 안정적인 생활이 가능해졌다.

휴대 전화 울리는 소리가 잠결에 들렸다. 소파에 기댔던 머리를 들어 시계를 보니 다섯 시를 넘어선 시간이었다. 창밖이 어슴푸레 밝아오고 있었다. 다급하게 휴대 전화를 열어보았으나 찍힌 번호는 일반 전화였다.

"여보세요?"

"이민아 학생 엄마시죠?"

외딴 여자로부터 민아라는 말을 듣자 '아 무슨 일이 벌어졌구나' 하는 생각에 소름이 돋았다.

"예 제가 민아 엄맙니다만."

"여기 성동병원 응급실인데요. 보호자님께서 좀 오셔야겠습니다."

틈입자

전화의 목소리는 냉정하고 사무적이었다. 응급실이라는 말에 가슴이 내려앉으며 겁이 났다.

"아니 우리 민아에게 무슨 일 있나요?"

"생명에는 지장이 없으니 안심하세요. 오시면 알 수 있습니다."

자동 응답기처럼 자신의 말만하고 전화는 끊겼다.

민아는 왼 손목에 붕대를 감고 링거를 꽂은 채 잠들어 있었다. 부어있는 얼굴을 보니 왈칵 눈물이 나왔다. 말없이 민아의 얼굴을 쓰다듬는데 간호사가 다가와 설명을 했다.

"응급 수술을 했는데 감염 여부를 판단하려면 며칠 두고 봐야 할 겁니다. 다행히 칼날이 깊이 들어가지 않았으나 피를 과다하게 흘려서 조금만 늦었으면 큰일 날 뻔했습니다. 저기 밖에 있던 학생이 동행했습니다."

응급실에 들어섰을 때 문 옆 복도 의자에 앉아 꾸벅꾸벅 졸던 사내가 벌떡 일어섰던 생각이 났다. 밖으로 나오자 그가 머리 숙여 절을 했다. 찬찬히 살펴보니 민아의 휴대폰에서 본 얼굴이었다. 사진에서 본 것과는 달리 그녀가 봐도 묘한 매력을 풍기는 학생이었다.

"김정수 학생?"

"예."

그는 어떻게 자기를 아느냐는 투로 그녀를 쳐다봤다.

"민아에게 얘기 많이 들었어."

"죄송합니다."

말은 그렇게 하면서도 그의 얼굴은 죄송한 표정이 아니었다. 아직 술이 덜 깬 상태인지 술 냄새가 났다. 그녀는 그를 데리고 휴게실로 가 자판기에서 음료수를 뽑아 건넸다.

"여기 좀 앉아요."

"고맙습니다. 됐습니다."

그는 음료수를 손에 들고 선 채로 얘기했다.

"어제는 창구 형 생일이어서 학원 마치고 원생 다섯 명이 초대를 받아 그 선배 집으로 갔어요."

"생일인 건 알았어. 헌데 여자애는 민아 말고 또 누가 있었지?"

그는 잠시 뜸을 들이다가 말을 이었다.

"다른 여학생들은 바쁘다고 집에 가고 민아 혼자였어요."

"우리 민아가 학생 좋아하는 거 알고 있었나?"

그는 시선을 땅에 꽂으며 고개를 끄덕였다.

"죄송합니다. 지켜주지 못해서."

"헌데 도대체 무슨 일이 있었기에 민아가 저렇게 되었지?"

"술을 마셨어요. 말렸는데도 민아가 말을 듣지 않았어요."

민아가 술을 마셨다는 말에 놀랐다. 너무 피곤해서 잠을 이루지 못하는 밤이면 그녀는 냉장고에서 소주를 꺼내 마셨다. 그걸 볼 때마다 질책하던 민아였다.

"무슨 술?"

그는 무슨 뜻인지 몰라 그녀를 멀뚱히 쳐다보았다.

"술 종류가 무엇이었냐고?"

"샴페인으로 시작해서 사다 놓은 캔 맥주가 다 떨어졌어요. 형이 마트에서 소주를 사왔는데 여럿이 권하는 술을 민아가 다 받아 마셨어요. 그러다가 민아가 제일 먼저 곯아떨어졌어요. 술이 깬 다음 보내자고 형과 제가 부축하고 공부방에 눕혔죠. 나머지 애들은 돌아가고 저는 창구 형과 안방에서 잠을 잤어요."

"그 집에 어른은 없었고?"

"부모님은 대전에 사셔서 반찬 가지고 가끔 올라오신대요."

"그래서?"

그는 다시 고개를 숙이고 말을 잇지 못했다.

"무슨 일이 있었냐니까?"

그녀의 채근에도 그는 한참을 대답 못 하다가 떨리는 소리로 입을 열었다.

"창구가 나쁜 놈이에요. 한참 자고 있는데 그가 불도 켜지 않고 일어나 나가더라고요. 전 잠결에 화장실 간다고 생각했죠."

그가 거기서 말을 끊었으나 그녀의 상상 속에서 생생하게 장면들이 만들어지고 있었다.

"정말 아무 소리도 못 들었단 말이야?"

정수는 말없이 고개를 끄덕였다.

'이놈들이 여자를 호구로 아나? 고추 달고 나왔다고 유세를 떠네?'

순간 아버지 생각이 났다. 아버지는 아들 하나 얻으려고 딸을 다섯이나 낳았다. 마름해서 먹고 살기 어려운 처지가 아니었으나 여자는 많이 배우면 팔자가 세진다고 딸들은 초등학교만 졸업시켰다. 그래도 그녀는 딸 중 막내여서 언니들이 취직하여 돈을 부쳐주어 중학교까지 다녔다. 그녀는 부친이 늙고 병들자 과수원을 돌보면서 정성들여 병간호까지 했지만, 과수원을 포함한 모든 재산은 아들에게 상속됐고 출가외인이라고 딸들에겐 일전 한 푼 남기지 않고 돌아갔다. 그때 남자로 태어나지 못한 것을 원망하며 얼마나 눈물을 쏟았던지.

그녀는 부들부들 떨리는 몸을 진정시키며 입안에 고인 침을 목으로 넘겼다.

"민아가 자해한 건 언제 알았어?"

"밤중에 소변이 마려워 화장실로 가는데 민아 자는 방에서 불빛이 새어 나오더라고요. 한밤중에 이상한 낌새가 들어 문을 열어 보니……."

"그게 말이 돼? 그렇게 좋아서 따라다니는 아인데."

정수는 난처한 표정을 지으며 그녀를 바라보았다.

"사실, 전 여자 친구가 있어요."

그의 말에 그녀는 눈앞이 노래지는 것을 느꼈다.

날이 밝자 민아를 일반병실로 옮겼다. 형편이 어려웠으나 주변의 쑥덕거림이 두려워 1인실을 요구했다. 허나 빈방은 없고 다행히 비어있는 4인실이 있었다. 창문을 뚫고 들어오던 햇살이 저만치 비켜 선 후에야 민아는 깨어났다.

민아는 엄마를 보자 울음을 터뜨렸다. 그녀의 눈에도 눈물이 고이더니 흘러내렸다.

"죽여버릴 거야."

그녀는 자살한다는 소리로 잘못 들었다.

"죽으면 안 돼. 민아야. 너 없으면 엄마는 못살아."

민아는 분노 섞인 목소리로 꽥 소리쳤다.

"죽여버린다구. 그 새끼."

"진정해. 민아야. 정수에게서 얘기 다 들었다. 괜찮아. 엄마는 괜찮아."

"괜찮긴 뭐가 괜찮아. 그 도둑놈의 새끼 절대 용서 못 해."

"알았어. 알았으니까 진정해."

민아는 설움에 북받쳐 '정수오빠'를 부르며 꺼이꺼이 울다가 다시 잠이 들었다. 그녀는 고이 간직해오던 보물단지가 깨진 것 같은 허탈감에 생각할수록 억울하다는 생각만 들었다. 그녀의 감정은 서서히 분노로 바뀌어 갔다.

월요일 아침은 끄느름한 게 비라도 내릴 것 같았다. 여러 가지 검사를 받았으나 팔목 자상 외에 이상이 없었다. 오후에 학원 원장이 민아를 지도하고 있는 강사를 데리고 병문안을 왔다. 원장은 죄송하다며 거듭 용서를 구했다. 민아는 그들과 시선 마주치기를 꺼리며 모포를 머리까지 뒤집어쓰며 울었다.

그녀는 잠든 민아의 휴대 전화를 열어보고는 충격을 받았다. 문자메시지와 미술학원 단톡방에는 '꼬리치고 다니더니 꼴좋다.' '엄한 사람 범죄자 만드니 시원하냐?' '학원 물 흐려 놓았다' 등 위로보다 민아를 비난하는 글이 많았다. 민아는 피해자인데 죄인처럼 대하는 사람들을 이해할 수 없었다. 김

창구가 잡혀갔다는 소문이 미술학원을 통해 나가기 시작했으니 학교에 퍼지는 것은 시간문제였다.

병실에 환자들이 속속 입원하게 되자 그녀는 다음날 서둘러 퇴원 수속을 밟았다.

소문이 두려웠다. 학교야 멀리 전학이라도 보내면 되지만 동네에 소문이 돌면 민아가 감당할 수 없을 것이라는 생각에서였다. 소나기가 내릴 때는 우선 피하고 봐야 한다. 주지 스님께 사정을 말했더니 마침 요사채에 방이 하나 비어있다고 쾌히 승낙해 주었다.

그녀의 생활도 엉망이 되기 시작했다. 극단적인 선택을 할까봐 민아의 눈치 살피며 고수련했다. 직장에는 딸의 사정을 알리기 싫어 자신의 몸이 아프다고 했다. 허나 근무를 차일피일 미루자 다른 사람을 고용하겠다는 연락이 왔다. 요양보호사라고는 하지만 사설 요양병원에서는 1년 계약의 비정규직이다. 톱니바퀴처럼 맞물려 돌아가는 근무 편성에 한 사람이 빠지면 그건 다른 동료들에게 피해가 된다는 것을 그녀가 모르는 바는 아니지만 인정사정없는 통보에 그녀는 또 한 번 분노했다. 친하게 지내던 친구들에게서도 걱정하는 전화와 문자가 왔지만, 일체 대응하지 않았다. 평소 활동했던 미용 봉

사나 불교합창단에서도 참여 독촉이 왔지만, 그녀는 경황이
없어 문자 답변도 못 했다.

　산사에 온 며칠 후 경찰에서 연락이 왔다. 피해자 진술을
받아야 하니 민아를 데리고 경찰서로 나오라는 것이다. 민아
는 넌더리를 치며 신경질적인 반응을 보였다. 악몽 같은 그
상황을 떠올리기 싫겠지만 그놈을 벌주기 위해선 피해자가
진술해야 한다고 설득했다.
　"그놈이 무죄가 되어도 좋아?"
　"안 돼. 그 개쓰레기가 내 앞길에 똥물 뿌렸는데 어떻게 용
서가 돼? 절대 합의 같은 것도 해 주지마."

　여성청소년과 조사실은 아이돌 가수의 브로마이드나 청소
년 취향에 맞게 캐릭터 인형과 그림으로 장식되어 편안한 느
낌을 주었다. 탁자 위에는 장미 화병과 초코 과자와 사탕을
담은 그릇도 놓여 있어 오감의 자극을 통해 긴장을 해소시키
려는 의도를 알 수 있었다.
　담당 여 형사는 부담감을 느끼지 않도록 민아의 상처를 걱
정하며 부드럽고 편하게 대했다. 노트북을 데스크 위에 놓고
이미 작성한 질문에 답을 채워 나갔다.

"가해자와 목격자 진술을 받아놓았으니 진위 여부만 답하면 돼요. 빨리 끝낼게요. 협조해 줄 수 있지?"

민아가 마음이 열렸는지 고개를 끄덕였다.

"그날 술을 많이 마셨다면서? 몇 병이나 마셨지?

"몰라요. 분위기 때문인지 막 들어가더라구요. 샴페인에 캔맥주, 나중엔 소주를 마시다 토하고 나서 다시 마셨는데 얼마를 마셨는지 기억 안 나요."

"목격자 말로는 샴페인 1병, 맥주 18캔, 2홉들이 소주 4병을 6명이서 나눠 마셨다는데 맞아?"

"아마 그럴 거예요."

"세상에 어린 것들이……."

듣고 있던 그녀가 혼잣소리처럼 말하자 민아가 고개를 돌려 쳐다보았고, 형사가 손가락을 입술 앞에 세우며 눈치를 주었다.

"그런데 민아가 김창구 학생을 좋아했다는데 사실인가요?"

그 말에 민아는 표정을 일그러뜨리며 단호하게 말했다.

"그 짱구 새끼. 그런 개쓰레기 좋아한 적 없어요."

"단톡방에서 문자를 남길 때 하트 이모티콘을 자주 날렸다면서?"

"그건 예의상 그런 거죠. 짱구가 반장이었으니까?"

"좋아요. 그런데 김창구가 방안으로 들어올 때 웃었다면서? 싫다면 왜 저항하지 않았지?"

"취해서 눈을 뜰 수 없었어요. 당근 정수오빠 줄 알았죠. 일이 다 끝나고 나서 목소리를 듣고 나서야 짱구란 걸 알았어요."

"칼은 어디서 난 거야? 갖고 다니나?"

"거기 책상 위에 있었어요."

조사를 마치고 산사로 돌아오면서 그녀와 민아는 한마디도 하지 않았다. 민아는 버스 맨 뒷좌석에 기댄 채 초점 없는 시선으로 창밖만 바라보고 있었다. 그녀는 생각할수록 속상하고 분통이 터져 흘러내리는 눈물을 몰래 닦으며 뒤돌아 민아의 얼굴만 힐끔거렸다.

다음날. 김창구 형이라면서 만나자는 연락이 왔다. 그녀는 순간 머릿속이 복잡해졌다.

'합의를 보자는 것인데 어찌해야 하지? 민아가 완강히 거부하는데 엄마가 돈으로 딸의 순결을 팔아버릴 수는 없지 않은가? 그렇다고 그냥 버틴다고 해도 가해자는 몇 개월 살고 나오면 그뿐인데? 그래 무슨 얘길 하는지 들어나 보자'는 생각으로 약속에 응했다.

친구 만난다는 구실로 시내로 내려갈 채비를 하는데 민아가 부탁이 있다고 했다.

"정수오빠. 좀 만나줘. 오빠 전화도 안 받고 문자 해도 답이 없어."

그에게 다른 여자 친구가 있다는 말은 차마 하지 못하고 변죽을 울렸다.

"그 오빠 다른 여자 친구 있는 것 아냐?"

"그럴 리가 없어. 만약 그랬다간 저 죽고 나 죽는 거야."

민아의 말투에는 단단한 독기가 서려 있었다.

만나자는 호텔 커피숍에는 외국인 한 쌍과 두어 명의 사람들이 홀로 앉아 있을 뿐 한적했다. 가져다 놓은 잔을 들어 목을 축이는데 말쑥한 남색 정장 차림의 청년이 다가왔다. 그는 깍듯하게 인사하고는 명함을 내밀었다. 보험회사 팀장이었다.

"죄송합니다. 제가 잘 돌봐야 하는데, 혼자 내버려 두었더니 사고를 치고 말았습니다."

"이런 일엔 부모님이 당사자 데리고 직접 나와 사과해야 하는 것 아닌가?"

"부모님은 시골 농사일로 바쁘고 창구는 대화를 거부하고 있습니다."

'방구 뀐 놈이 성낸다더니 대화를 거부해? 도대체 이 집안은 가정교육을 어떻게 한 거야?'

부아가 치밀어 올랐다.

"아무리 바빠도 자식 농사보다 중요한 게 어딨다구?"

"제가 책임지고 잘 처리하겠습니다. 얼마를 원하십니까?"

예상했던 대로 돈 얘기가 나왔다.

"숫처녀 순결을 짓밟았는데 어떻게 책임져? 돈이면 다 되는 줄 알아?"

"그럼 어떻게 합니까?"

"그럼 10억 내놔."

예상 못 한 액수에 어처구니가 없었는지 청년은 한동안 그녀를 쳐다보더니 코웃음을 쳤다.

"나 원 참. 이 아주머니가?"

"왜. 우리 민아 평생 받을 정신적 고통에 비하면 그 정도는 받아야지."

"이거 드릴 말씀은 아니지만, 이민아 학생에 대해 알아봤는데 그렇게 행동을 조신하게 하진 않았다고 들었습니다."

"왜? 우리 민아가 꼬리라도 쳤단 말이야?"

"평소에 불량기 있는 애들과 어울리며 야하게 놀았다고 합니다."

그녀는 눈을 곤추뜨며 벌떡 일어서서 악다구니를 썼다.

"야하게 놀다니. 몸이라도 팔고 다녔다는 소리야? 이거 어디서 남의 딸 저울질하고 지랄이야 지랄은? 지금 합의하러 나온 거야? 염장 지르러 나온 거야?"

주변 사람들의 시선이 다 모였다. 합의는 그것으로 끝났다. 그녀는 마시다 둔 물 컵을 바닥에 내팽개치고 호텔 문을 나왔다.

그제야 눈물이 쏟아졌다. 분했다. 16년간 옥박지르고 어르고 달래며 키워온 딸에 대한 모욕적인 말을 들었을 때 그놈 얼굴을 할퀴어놓지 못한 자신이 더 미련스럽게 생각됐다.

거리를 지나가는 사람들이 힐끔거리며 그녀를 쳐다보았다. 그 모양이 안쓰러웠는지 한 중년 여인이 그녀를 붙들고 무슨 일이 있냐고 걱정해서야 자신이 거리 한가운데 서서 눈물을 흘리고 있다는 사실을 알았다. 이럴수록 강해져야 한다고 자신을 다독였다. 그녀는 핸드백에서 손수건을 꺼내 눈물을 닦고 성큼성큼 발걸음을 내딛었다.

미술학원으로 가 정수를 찾았으나 그 일 이후로 창구와 정수는 학원에 나오지 않는다고 했다. 도대체 민아를 망쳐놓은 놈이 어떻게 생겼는지 보고 싶었다. 집주소를 알려달라고 했으나 거절당했다. 개인정보를 발설하면 법에 저촉된다는 게 이유였다.

민아가 알려준 번호로 정수에게 전화했으나 받지 않았다. 욕지기가 나왔다.

"나쁜 새끼. 민아가 오해 않게 여자 친구 있다고 사전에 알렸어야지. 비겁하고 응큼한 놈."

중얼거리면서 '민아 엄만데. 통화 좀 해요.'라는 메시지를 남겼다. 그런데 잠시 후. '죄송합니다. 괴로워서 지금 통화할 상황 아닙니다. 마음 정리되면 연락드리겠습니다.'라는 문자가 왔다.

"흥. 이놈도 대화 거부군."

그녀는 지난번 민아를 조사했던 형사를 찾아가 합의하려 한다는 구실을 대고 김창구의 주소를 알아냈다. 김창구의 집은 학원에서 멀지 않은 곳에 있었다. 지은 지 오래된 시영 아파트였지만 동네는 깔끔했다.

주소가 적힌 쪽지를 들고 두리번거리는데 누군가 그녀를 불렀다.

"효정아!"

틈입자

낯선 동네에서 자신의 이름을 듣는 게 신기해서 돌아다보았다. 건너편 동에서 머리에 흰 두건을 쓰고 노랑색 고무장갑과 장화를 신은 청소부 복장의 여자가 웃으며 다가왔다.

"긴가민가했는데 맞구나."

중학교 동창생 현주였다. 졸업하고도 한동안 여기저기 싸돌아다니며 참 친하게 지냈다. 그러나 그것도 한때였다. 직장 생활하고 결혼하고 아이 낳고 서로 바쁘다 보니 전화조차 뜸해졌다. 동창생 등산모임에서 가끔 만나는 게 전부였다. 그녀는 재빨리 쪽지를 주머니 속으로 감추었다.

"어 김현주. 오랜만이다. 그런데 여긴 어떻게?"

"나 여기서 일하잖아. 일주일에 두 번 계단 청소해. 헌데 넌 여기 무슨 일이야?"

"아냐 그냥. 아는 사람 좀 만나려고."

"그러니? 몇 동에 가는데?"

"아냐. 그냥."

"어머, 너 집 보러 온 거지? 내가 내놓은 집 알고 있는데?"

"아니야. 이 아파트에 요양 보호가 필요한 노인이 사는데 내가 일할 수 있나 보려고."

어떻게 순발력 있게 그런 말이 꾸며져 나오는지 그녀 자신도 놀랐다.

"그래? 애 오랜만인데 얘기 좀 하자. 내가 마트 커피 살게."

생각 못 한 제안에 얼른 핑계거리가 떠오르지 않아 할 수 없이 아파트 입구에 있는 마트로 따라갔다.

그녀는 마트 안 간이 탁자가 놓여 있는 공간에 앉아서 현주가 가져온 커피를 홀짝였다. 현주는 등산모임 이야기며 동창생들 소식들을 가납사니처럼 펼쳐내느라 커피가 식는 줄도 몰랐다.

이야기 도중에 마트 문에 달아놓은 종이 달랑거리는 소리에 현주가 고개를 돌리더니 눈이 갑자기 휘둥그레졌다. 현주는 그녀의 팔을 툭 치고는 턱으로 가리키며 목소리를 낮추었다.

"저놈 좀 봐. 저거 사고 치고도 뻔뻔하게 고개 쳐들고 다니네?"

교복의 단추를 풀어헤치고 머리가 덥수룩한 게 한눈에도 불량해 보이는 학생이었다. 형의 모습과 판박이처럼 닮아 그녀는 한눈에 김창구라는 걸 알았다. 그는 판매대에 놓인 물건을 짚더니 계산하고선 밖으로 나갔다. 그의 행동을 눈으로 쫓던 현주의 목소리가 평상으로 돌아왔다.

"저 자식, 생일 파티한다고 여학생 집에 불러 술 먹이고 강간했다지 뭐야. 여학생은 손목 그어 자해하고. 사건 후 그 집

청소 부탁을 받았는데 방안에 튄 핏자국 지우느라 애 먹었어. 요즘 계집애들 겁도 없이 남학생 자취방 드나들고 문제야 문제."

현주의 얘기를 흘려들으면서 그녀의 시선은 패트병 콜라를 나팔 불며 지나가는 창구를 따라갔다.

"저 녀석 또 콜라군, 집안에 온통 콜라병 천지더니만".

산사로 돌아오니 저녁 예불이 막 끝난 시간이었다. 절 음식을 먹지 않는 민아를 위해 일부러 시장에 들러 떡볶이며 튀김을 사 왔으나 냄새를 맡자 구역질을 했다.

"정수오빠 만났어?"

"만나긴 했는데. 안 되겠더라. 포기해라."

"왜? 내가 이 꼴 당한 게 창피하대?"

그녀는 기회다 싶어 망설임 없이 사실을 얘기했다.

"아냐. 다른 여자 친구가 있댄다."

순간 민아의 얼굴이 붉게 변하더니 눈물이 쏟아져 나왔다.

"씨팔 새끼들. 다 죽이고 말 거야. 개쓰레기들. 엄마 나 어떻게 해. 엄마."

민아를 안은 그녀의 어깨가 차갑게 젖어들었다.

"인간 육신은 잠시 빌린 것이고 세상만사가 헛된 것이다. 삼라만상의 근원은 마음이다. 마음이 넓을 때는 우주라도 품어 안지만, 마음이 좁을 때는 바늘 끝 하나도 들어갈 틈이 없다. 마음 다스리기를 잘해라."

주지 스님의 설법도 민아에겐 통하지 않았다. 시간이 흐를수록 민아는 증오와 복수심을 키우고 있다고 생각했다.

일주일 만에 집으로 돌아왔다.

공부를 그만두겠다는 민아를 설득시켜 멀리 떨어진 다른 학군의 학교로 전학시켰다. 행정실에서 수속을 마치고 정류장에서 버스를 기다리는데 전화벨이 울렸다. 화면에는 김현주라는 이름이 떴다. 그녀는 무시해 버릴까 하다가 수신버튼을 눌렀다.

"응. 현주야, 아침부터 무슨 일이야?"

"효정아 글쎄. 저번에 아파트 마트에서 봤던 남학생 있잖아? 콜라 좋아하던."

그녀는 심드렁하게 말했다.

"응, 그래서?"

"아 그 녀석이 어젯밤에 병원에 실려 갔다지 뭐야?"

"왜?"

"자해했대. 호호호 글쎄 고추를 커터칼로 잘랐다지 뭐야."

그 후에 현주가 떠드는 소리는 귀에 들어오지 않았다. 그녀의 얼굴에 엷은 미소가 피었다.

집에 돌아와 현관문을 열려는데 남자 두 명이 급하게 다가왔다. 가죽점퍼를 입은 덩치가 좋은 사내들이었다.

"변효정 씨?"

"누구세요?"

"경찰입니다. 당신을 무단주거침입과 특수상해 피의자로 체포합니다."

그녀의 팔에 수갑이 채워졌다. 바깥의 소란스러움을 감지한 민아가 문을 빼꼼하게 열고 밖의 동정을 살피다가 그녀를 발견하고 얼른 문을 열고 나왔다.

"엄마, 무슨 일이야?"

"이 아저씨들 무슨 오해가 있는 모양인데 걱정 마. 금방 돌아올게."

"엄마, 짱구 고추 절단한 게 엄마였어?"

"그걸 네가 어떻게?"

"단톡방에 난리났단 말이야. 왜 그랬어?"

"그놈은 그래도 싸. 엄마가 아니면 네가 그놈 해쳤을 것 아냐?"

그러자 민아가 정색하며 그녀를 쏘아보았다.

"엄마, 내 순결 앗아간 건 정수새끼야. 그 개쓰레기가 날 떼어놓으려고 짱구에게 시킨 거란 말야. 잘 알지도 못하면서."

민아의 말에 그녀는 다리 힘이 풀려 휘청거렸다. 그러나 이어지는 말은 더 충격적이었다.

"순결 그게 뭐가 중요해?"

"망할 년. 너 지금 그게 엄마한테 할 소리야?"

"엄마, 그럼 나 어떻게 하라구? 칵 죽어버려? 내 인생 내가 사는 거야. 엄마 제발 끼어들지 마. 좀."

민아는 발을 구르며 눈물을 흘렸다.

그녀는 조사실 담당 형사에게 담담하게 경위를 털어놓았다.

"그 녀석이 사는 아파트 근처에 숨어서 이틀간 동태를 살폈어요. 귀가할 때는 꼭 마트에 들려 콜라를 사더군요."

"집안으로는 어떻게 들어갔습니까?"

"그 녀석은 혼자 살면서 문단속도 잘 않더라구요. 집안 사정을 살핀 후 몰래 들어가 공부방에 숨었어요. 그 녀석이 샤워하러 들어갔을 때 마시다 둔 콜라병에 미리 준비한 다량의 수면제를 넣고 기다렸죠. 샤워 마치고 소파에 앉아 티브이를

보던 그 녀석은 금방 잠들었어요. 그래서 준비한 커터칼
로……."

"그래놓고 119에는 왜 전화했죠? 잡힐 줄 알면서."

"난 그 녀석 죽는 걸 원치 않았어요. 단지 민아를 대신해 대
갚음했을 뿐이에요. 내가 일을 벌이지 않았으면 민아가 이 자
리에 앉아 있을 거 아닙니까? 엄마로서 그 꼴을 어찌 봐요?"

열심히 자판을 두들기던 형사가 어처구니없는지 씁쓸한 미
소를 지었다.

"딸의 인생 대신하다니 문화재급 모정이네요."

그녀가 그 말의 의미를 생각하며 창밖으로 시선을 돌렸을
때 바람에 실린 가랑잎 한 잎이 창문을 통해 날아들고 있었
다. 멀리서 산사의 종소리가 들리는 듯했다. ✱

일그러진 만년필

바람은 차고 매서웠다. 길가의 키 큰 와싱토니아를 흔든 겨울바람은 신 여사의 가슴을 가르고 폐부 속으로 굽이쳐 흘렀다. 쓰리고 아렸다. 고장 난 수도꼭지처럼 흘러내리던 눈물도 메말랐는지 눈가는 퍽퍽했다. 올케는 소문을 들어 시누이의 사정을 아는지 말없이 과일과 빵이 든 비닐봉지를 들고 두 발 앞서 걸었다. 뒤를 따라 신 여사는 누렇게 변한 산길을 외면하듯 땅만 보고 걸었다. 부친의 산소는 야트막한 오름의 중간에 있었다. 이제 형을 선고 받고 영어의 몸이 되면 한동안 다시 찾아보기도 힘들 것이란 생각에 신 여사는 도망자처럼 고향으로 숨어들었다.

나는 신 여사와 영욕의 시간을 함께 해 온 반려자다. 난 주인의 생각과 느낌을 드러내는 도구일 뿐 나에겐 애초에 의지와 신념이라는 게 없다. 난 주인님을 신 여사라 부른다. 지금은 입이 돌아가고 몸통이 깨어지고 금이 가서 본래의 기능을 잃었지만 그래도 신 여사는 날 버리지 않고 핸드백 속에 고이 간직하고 다녀 주는 게 고맙다.

신 여사는 늘 곁에 두고 나를 통해서 하루의 일과를 기록하고 마음을 고백하므로 나는 그녀의 속마음을 잘 안다. 그러나 그녀와의 만남은 처음부터 잘못됐다.

나를 만나기 전 일이지만 그간 신 여사가 주변에 하는 말을 정리해 보면 대충 이렇다.

딸 화연이는 중학교 때 신 여사의 권유로 교내 문학부 동아리에 가입했다. 졸업식을 앞둔 겨울 방학 때 시나 산문을 써내라는 문학 선생님의 과제가 있었다.

신 여사는 개학일이 다가오자 학교 갈 준비는 되었는지 확인하려고 화연의 방에 들어갔다가 책상 위에 놓인 원고지를 보았다. 신 여사는 '놀면서도 과제는 해놓았구나.' 하고 대견스럽게 생각하며 원고지를 집어 들었다.

'시인의 침묵'이라는 제목 아래 김화연이라는 이름이 자랑스럽게 박혀 있었다.

숲속을 걷는다/ 태초와 같은 침묵이 있다/ 나는 지금 어디에 있으며 어디를 향해 걷고 있는지 모른다/ 친숙한 인간들의 언어도 잠시 잊는다.

언어는 침묵 속의 소음이어야 한다/ 침묵을 불러일으키는 소음이어야 한다.

인간의 생은 하나의 소음/ 인간의 죽음은 하나의 침묵.

시인이여, 침묵 속의 소음이여/ 음흉한 까투리처럼 날아올라라.

너의 소음으로 그 침묵을 헤집어 깨어나게 하라.

그리하여 몽유병자처럼 산책하는 이들의 발걸음을 잠시 멎게 하라.

시의 첫 구절부터 신 여사의 심장이 절구질하더니, 끝 문장을 읽을 때쯤에는 소름이 돋으면서 눈물까지 주르르 흘렀다. 가슴이 벅차고 목이 메었다. 신 여사는 자신의 딸이 천재라고 생각했다.

현관 종소리를 울리면서 화연이가 귀가했다. 신 여사는 감정에 북받쳐 아무런 말도 못 하고 신발을 벗고 들어서는 화연을 가만히 다가가 껴안았다. 영문을 모르는 화연은 술 냄새를 들킬까봐 조심스럽게 밀쳐내며 말을 했다.

"엄마, 왜 이래?"

"너 참 대단하다. 너에게 그런 재주가 있는 줄 정말 몰랐다."

"무슨 소리야?"

"엄마도 문학은 조금 알 거든? '시인의 침묵' 아주 감동적이야."

그제야 상황을 파악한 화연이가 표정을 바꾸며 불쑥 화를 냈다.

"엄마! 허락도 없이 남의 글을 왜 봐?"

"엄마가 남이니? 그리고 대단해서 칭찬하는데, 무안하게 왜 이래?"

"아 몰라."

화연이는 매몰차게 자기 방으로 들어가서 문을 잠갔다. 신여사가 방문을 두드렸으나 화연이는 끝내 문을 열어주지 않았다.

2월 말. 화연이가 고등학교 입학식에 입고 갈 교복을 다림질하고 있는데 중학교 문학반 지도 선생님으로부터 전화가 왔다. 급히 학교로 오라는 것이었다.

"졸업식까지 마쳤는데 무슨 일입니까?"

"화연이가 당선되었어요?"

신 여사는 어안이 벙벙했다.

"당선이라니? 우리 화연이가 무슨 선거에라도 나갔나요?"

"경기제일신문사 청소년 문학 공모 시 부문 최우수작으로 뽑혔다구요."

순간 신 여사는 눈물을 흘렸다. 이야기도 않고 응모를 한 화연이 얄밉긴 했지만 '당선'이란 말이 모든 걸 덮었다.

"아, 그래요?"

"심사위원들이 극찬을 했대요. 신문사에서 학교로 온대요. 인터뷰하고 사진도 찍어야 하니 곱게 차려서 보내세요."

"예. 알겠습니다."

신 여사는 말도 다 잊지 못하고 전화를 끊었다. 자신의 딸이 문학의 천재라는 사실이 확인되는 순간 자신이 당선된 것처럼 기뻤다. 그러나 정작 소식을 전해 들은 화연은 기뻐하는 내색은커녕 오히려 생뚱맞다는 표정을 지었다.

"나 거기 응모한 적 없는데……?"

신 여사의 두뇌 회로가 급하게 움직였다.

"응 그러니까 아마, 문학 선생님이 학교를 대표해서 보낸 거겠지."

그것이 다수의 상금과 함께 부상으로 주어진 나와의 인연이 되었다.

중학교에는 당선을 알리는 현수막이 걸렸고, 지인들의 성화에 못 이겨 호텔을 빌려 자축연까지 했다. 갓 입학한 고등학교에서 화연은 선배들로부터도 '천재 시인'이라는 칭호와 함께 영웅 대접을 받았다. 천재성이 엿보인다는 심사평 때문이었다. 딸 덕분에 한동안 신 여사도 날아다니는 기분이었다.

그러나 따스한 햇살로 시작된 봄날도 그리 길진 않았다. 고등학교에 입학하고 열흘쯤 후에 신문사에서 화연이를 찾는 전화가 왔다. 휴대 전화에서 들려온 소리에 신 여사는 가슴이 덜컥 내려앉았다. 화연이의 당선을 취소한다는 것이었다.

화연이의 시는 이어령 선생의 산문을 행만 바꾼 도용작품이라는 것이었다. 신문에 시가 발표되자 독자가 제보를 했고 확인 결과 '말'이라는 책에 실린 '침묵과 소음'이라는 글 중 일부를 그대로 베꼈다는 것이었다.

신문사에서는 상의 권위와 심사위원들의 체면을 생각해서 이를 조용히 마무리하려고 일단 기사로 당선 취소를 알렸다. 화연이의 출신 중학교는 발칵 뒤집혔다. 확인도 않고 신문사에 작품을 보낸 지도 교사는 업무방해죄로 고소당하고 학교장도 교육청의 징계를 받았다. 화연이는 창피하다면서 학교

가기를 거부했고 결국 서울 변두리 학교로 전학을 했다. 당선
패와 상금은 반납했으나 쓰레기통 속에 처박힌 나는 신 여사
에게 발견되어 구원을 받았다. 그로부터 10여 년을 함께 했
다.

군자는 무릇 세 가지 부리를 조심해야 하니 입과 발과 손이
다. 즉 함부로 말하지 말며, 길이 아니면 가지 말고, 남의 것
에 손대지 말라던 선인들의 말이 진리라는 걸 신 여사는 경험
으로 체득했다.

신 여사는 고등학교 시절 문학을 사랑하는 문학청년이었
다. 백일장에 나가 입선 한 번 못했어도 책 읽는 것을 좋아해
서 문학가가 되고 싶었다. 그런데 완고한 아버지가 반대했다.
여자가 무슨 대학이냐? 자격증 따서 취직하라고 상업고등학
교에 원서를 넣게 했다. 그런 아버지와의 불화가 시작된 것은
사회 시간에 배웠던 4·3사건 때문이었다. 경찰 출신인 아버
지를 자랑스럽게 생각했었는데 알고 보니 토벌대로 무지막지
하게 산사람들을 죽인 서북청년단 출신이었다. 그런데 그걸
부끄러워하기는커녕 무용담을 펼치면서 애국자임을 자랑스
럽게 얘기하는 부친이 정말 밉고 무서웠다.

고등학교를 졸업하고 취직한다는 핑계로 상경한 신옥자는

S예술전문학교 문예창작과에 원서를 냈다. 입학금이랑 한 학기 등록금은 여기저기 꾸어대고 도움받아 학교를 다니게 되었지만, 그 사실이 아버지에게 발각되자 결국 머리채를 잡혀 낙향하는 신세가 됐다. 그로부터 결혼할 때까지 제2금융권에서 일하면서 문학과는 멀어졌다.

화연이의 일이 있고 난 후 어떤 오기 같은 것이 발동했다. 그것이 시민대학 문학창작반에 발을 들이게 된 계기가 되었다. 거기서 강사였던 장이경 선생을 운명적으로 만났다. 당시 장이경은 중앙에서도 잘 나가던 문학평론가 겸 수필가였는데, 하필 그의 남편이 화연의 당선소동 때 심사를 했던 시인 문창배 교수였다는 사실을 안 것은 그와 친해진 후의 일이었다. 그 일로 문 교수가 적지 않게 낭패를 보았던 사실을 장이경이 강의를 통해 말했을 때, 신 여사는 모른 척 했다.

늦게 배운 컴퓨터 자판이 서툴기도 했지만 신 여사는 꼭 200자 원고지에 나를 통해 빈칸을 채워 넣었다. 남들은 편리한 볼펜을 사용했지만, 신 여사는 만년필 전문점을 찾아 검은 잉크 심을 구해 원고를 썼다. 서류나 책에 사인할 때도 곁에 놓인 볼펜을 외면하고 꼭 핸드백 속에서 나를 꺼내 능숙하게 자기 이름을 적곤 했다.

사실은 이러한 행동도 장이경 선생을 따라 한 것이다. 장이경 선생은 꼭 푸른색 잉크가 담긴 파커 만년필로 원고를 쓰고 수강생들의 글도 첨삭했다. 신 여사는 그것이 너무 멋있게 보였다. 그것이 장이경 선생의 트레이드마크처럼 회자 되었고, 신 여사는 그것을 따라 했다. 과제를 제출하던 어느 날 장이경 선생은 싱긋이 웃으며 물었다.

"원고지에 쓰면 뭐가 좋죠?"

"한 자 한 자 생각하며 쓰는 여유도 생기고, 자신의 개성 있는 필체를 남길 수 있어요."

"그렇죠. 내 생각과 같군요. 수 없이 버려지는 폐지를 감수하면서도 육필이 그래서 인간미가 있어요."

그때는 말투며 옷차림이며 장이경 선생의 모든 걸 따라 하며 그녀를 존경했다.

장이경 선생은 깐깐하기로 정평이 났다. 수필창작실습 시간에 수강생들 작품을 일일이 읽고 평을 해주었는데 서너 번 퇴짜 맞는 것은 보통이었다. 그걸 견디지 못한 수강생들이 포기하는 사례도 많았다.

단번에 통과되는 적은 드물었다. '맞춤법 공부를 더 해라. 좀 더 솔직해라. 수필은 소설이 아니다. 남의 글을 더 읽어라'

는 말이 6개월 수강 기간 내내 계속되었다. 하지만 나는 안다. 신 여사가 밤잠을 못 이루면서 그 숱한 원고지를 붙들고 얼마나 씨름했던가를.

그러던 중, 장이경 선생이 집안에 상을 당해 결강하게 되었다. 문화원에서 시를 강의하는 백영호 시인에게 대강을 부탁했는데 이게 또 운명적 만남이 되었다.

그는 신 여사의 작품을 보더니 당장 등단해도 되겠다고 꼬드겼다. 신 여사만이 아니라 수강생들에게 자신이 운영하는 '모던포엠21'이라는 잡지에 응모하라고 했다. 부족한 부분은 편집위원들이 가필해서 완성품을 만들어 준다는 말까지 했다. 단 자신의 작품이 실린 잡지 200권을 사야 한다는 것이었다. 많은 수강생이 혹했고 신 여사 역시 마음이 들떴다. 그리고 비로소 문인이 된다는 설렘에 예전에 썼던 작품을 백 시인에게 보냈다.

아버지와의 갈등과 화해를 다룬 '아버지 무덤에 함께 묻다'라는 글이었다. 장 선생에게 여러 번 퇴짜를 맞은 글이었으나 백 시인은 감동적인 글이라며 당장 만나자고 했다. 백 시인은 몇 군데 고쳤으니 다시 원고지로 옮기고 당선 소감까지 써 오라고 했다. 신 여사는 당선이라는 말에 가슴이 뛰었다.

"신 여사, 세상은 네트워크야. NQ라고 들어 봤나? 혼자 잘

난 척 해봐야 끈이 없으면 흙 속에 묻힌 진주란 말이지."

이렇게 유명한 시인을 만날 기회를 준 장 선생이 고맙기까지 했다. 신 여사는 아는 게 많은 지성인을 늘 동경해 왔다. 신문과 방송에 오르내리는 유명인과 함께 있으니 시간 가는 줄 몰랐다.

"그리고 이름 바꿔요. 신옥자 그거 작가의 이름으론 너무 촌스러워요."

"좀 그렇죠? 아버지가 마초라서. 선생님이 지어주세요."

백영호는 미리 생각해 두었는지 아니면 좋은 머리로 금방 떠올렸는지 작명을 해냈다.

"옥지, 어때? 신옥지 선생, 수필가 신옥지, 신옥지 여사."

이름에서 획 하나를 생략했을 뿐인데 사람의 이미지가 달라 보였다.

"신옥지. 마음에 들어요. 고맙습니다. 선생님."

신옥자는 그날로부터 신옥지 여사가 되었다.

다음날은 보험회사도 쉬면서 온종일 당선 소감 작성에 매달렸다. 다른 책들을 뒤져 당선 소감들을 섭렵하고 나서 두 장을 쓰기 위해 100장도 넘는 원고지들을 버렸다. 머리가 나쁘면 손발이 고생한다더니 나도 입에 쥐가 나고 졸도할 지경이었다. 경력에 문화원 수강 사실은 숨기고 S예대 문창과 중

퇴라고 써넣었다. 한 학기밖에 못 다녔으나 대학에서 문학 맛을 봤다는 사실을 자랑하고 싶었다. 백 시인의 심사평과 함께 다른 수필가 6명, 시인 6명의 당선작이 실린 책이 나왔다.

신 여사는 작가가 되었다는 기쁨에 밤잠을 이루지 못했다. 공무로 외국 여행 갔다가 객사한 남편 생각이 났다. 공무원 봉급으로 가정을 꾸려나가기도 어려운데 문학 행사 참석은 언감생심이었다. 남편 사후 화연이 뒷바라지 때문에 고생했던 일들이 파노라마처럼 흐르며 눈물까지 흘렸다.

등단 사실을 도내 신문사는 물론 고향 신문사에도 보도 자료를 만들어 발송했다. 태어나서 그렇게 몸살이 날 정도로 일을 한 것은 그때가 처음이었다. 일일이 손수 편지를 써서 문인들에게 책을 부치고 안면은 없었으나, 유명 문인들에게도 자신을 알리려고 주소를 찾아 보냈다.

그리고 며칠 후부터 축하 메일과 문자와 전화가 쏟아졌다. 그런데. 마음에 걸리던 일이 기어코 터지고 말았다. 아침 7시 공원 산책을 하는데 장이경 선생에게서 전화가 왔다. 이른 아침에 온 걸 보면 어젯밤에 자기 책을 읽은 것이 분명했다. 운동을 멈추고 주변 벤치에 앉아 전화를 받았다.

"신옥지? 이거 교정 잘못된 거 아냐?"

"아 장 선생님, 제가 먼저 전화 드린다는 걸 바빠서 깜빡했네요."

"깜빡할 일이 따로 있지. 이건 배신이야. 아무리 여자지만 의리와 지조라는 걸 이렇게 헌신짝처럼 버릴 수 있어?"

장이경의 흥분한 목소리가 한동안 이어졌다.

"아니 어떻게 이럴 수가 있어? 나한테 한마디 언질도 없이. 때가 되면 어련히 내가 등단시켜 줄 텐데. 이거 뭐야. 애쓰며 가르쳐 놓았더니 이렇게 뒤통수 때려도 되는 거야?"

신 여사는 죄인이 된 듯 '죄송합니다'란 말만 반복했다.

"그리고 등단하려면 제대로 해야지, 시 전문지에 수필 등단은 뭐야? 개나 소나 다 등단시키는 그런 쓰레기 잡지로 등단하다니. 갑자기 문인이 되니 출세한 것 같고 밥 안 먹어도 배고픈 줄 모르지? 허나 두고 보라고 시간이 지나면 후회하게 될 걸. 등단 지는 꼬리표처럼 따라다닐 테니까."

이건 장 선생이 자신을 통하지 않고 등단한 것에 대한 야료라고 생각했지만, 신 여사는 고개까지 숙이며 '죄송합니다'를 연발했다. 그러나 장 선생은 땅바닥에 바싹 엎드린 신 여사를 짓밟고 싶었는지 이내 도발적인 말을 내뱉었다.

"당신 백영호가 어떤 사람인지 알아? 혹시 몸까지 준 건 아니지? 되지도 않은 글을 고쳐 등단시킨 대가로 몸을 요구하는 난봉꾼인데."

정말 기가 막혔다. 혼자 사는 여자지만 사람을 어떻게 보고 그런 말을 할 수 있는가?

"여보세요, 선생님. 무슨 말을 그렇게 하세요?

"아님, 됐구. 난 걱정 돼서 하는 소리야. 혹시 사기꾼한테 넘어가서 돈 주고, 몸 주고 신세 망칠까 봐."

순간 신 여사는 뜨끔했다. 언젠가의 상황이 휙 하고 스쳐 갔다. 신 여사는 자신을 등단시켜 준 고마움과 친절하게 문단의 상황에 대해 자상하게 알려주는 호의에 감사해서 백 주간에게 저녁을 대접한 적이 있었다. 호텔의 레스토랑에서 분위기 있는 음악에 와인을 곁들인 저녁을 먹고, 막 커피잔을 들어 올릴 때 백 주간이 제안했다.

"잡지사 사정이 매우 어려워요. 작년부터 보조금도 끊겨서 둘 있는 직원 월급과 사무실 유지비를 나 혼자서 감당하고 있어요, 그래서 말인데 신 작가 도움이 필요해요."

신 여사는 대 시인께서 신 작가라는 호칭을 붙여주니 우쭐해졌다.

"햇병아리가 무슨 힘이 있겠어요?"

"의지만 있으면 얼마든지 가능해요. 잡지사 일 함께합시다. 그렇게 부담되는 건 아니고, 신 작가에게도 유익한 일이요."

"제가 할 수 있다면 도와드려야죠."

백 주간은 편집위원을 제의했다. 조건은 매년 일정량의 후원금을 분담하고 문인지망생이나 정기구독자를 구해 오는 조건이었다. 신 여사는 편집위원이라는 말에 갑자기 심장이 텅텅거리는 소리를 들었다.

"이름만 올려놓으면 일은 우리가 다 알아서 할게요. 그리고 내가 작품 봐 줄 테니 시인으로도 등단해요."

"제가 시는 좀."

"요즘 탈 장르 시대 아닙니까? 시인이라고 시 제대로 쓰는 사람 몇이나 됩니까? 내가 알아서 할 테니 그냥 대충 써오세요."

둘이서 노래방에 간 게 화근이었다. 시간이 늦었으나 백 주간의 강요에 못 이겨 따라갔다. 신 여사 차례가 되자, 감정에 젖어 노래하는데 백 주간이 뒤에서 껴안더니 가슴을 더듬었다. 신 여사는 화들짝 놀랐으나 재치 있게 그 상황을 모면했다.

신 여사는 억울하다는 것을 강조하기 위해 눈물까지 동원하며 반박했다.

"아무리 섭섭해도 할 말, 못할 말이 있지. 저를 그런 여자로 밖에 안 보셨어요? 정말 선생님 존경했는데 어떻게 그런 막말을……."

그리고 울음이 이어졌다. 상황은 급변했다. 장이경은 자신이 너무 나갔다고 생각했는지 예고도 없이 전화를 끊어버렸다. 산책하던 사람들이 아침 댓바람부터 공원 벤치에 앉아 울고 있는 신 여사를 힐끔거리며 지나갔다.

시인과 수필가로 등단을 하고 나니 신 여사에게도 많은 변화가 생겼다. 이름 뒤에는 늘 선생님이라는 호칭이 따라 다녔고 많은 기관 단체에서 원고 청탁과 강의 부탁도 들어왔다. 강의가 들어오면 인터넷을 뒤져 유명 작가들의 말들을 수첩에 옮겨놓고 인용을 하면서 수필, 시, 소설 등 문학 전반에 능통한 대가처럼 호기를 부리며 강의를 마다하지 않았다. 무엇보다 강의료로 받는 돈이 소소하지 않았다. 보험설계사로 일해 얻는 수입은 줄어들었지만 남 앞에 서는 일이 더 좋았다.

편집위원이 된 후 작가 지망생을 찾아다니는 브로커가 되었지만, 신 여사는 자신을 작가 선생님으로 불러주는 사람들을 만나는 게 즐거웠다. 강의실에서 만난 제자들을 '모던포엠 21'을 통해 등단시켰다. 예전에는 주로 남편이 공무원으로 있을 때 인연을 맺었던 사람들을 찾아가 보험 계약을 했지만,

이젠 그들을 문인으로 만드는 일에 앞장섰다. '모던포엠21'
은 창간된 지 몇 년 안 되었지만, 출신 동인들을 모아 동인회
를 만들었고 신 여사는 경기도지회장을 맡았다. 도의회 의원,
시의원, 문화예술국장을 면담하여 슬며시 등단을 권유하면서
예산을 따내었다. 행사하고 동인지를 만들고, 연말이면 자신
의 이름으로 패도 만들어 상도 줬다. 그리고 주로 정 관계 인
사들, 퇴직한 교장들, 당사자뿐만 아니라 부인들까지도 모아
백 주간을 통해 등단시켰다. 그리고 등단하면 모두 작가협회
에 가입시켰다.

그들을 작가협회에 가입시킨 것은 백 주간의 권유 때문이
었다. 협회 내에 자기 사람을 많이 만들어 두어야 파워가 세
진다고 했다. 그 파워는 곧 현실로 드러났다.

작가협회 회장에 출마한 김두식 시인이 부회장으로 같이
일하자고 제의를 해왔다. 그런데 상대가 장이경인 게 마음에
걸렸다. 그는 대학원까지 나온 명성이 짱짱한 실력자였다. 그
에 비해 김두식 시인은 가난한 어린 시절 학교도 제대로 다니
지 못하고 검정고시를 거쳐 방송통신대학을 졸업한 자수성가
형 기업가 시인이었다.

"헌데 전 이미 장이경 선생을 돕기로 약속했는데요?"

한 달 전쯤, 장 선생이 자신이 회장에 나설 테니 도와 달라

는 말에 등단 과정에서의 갈등도 덮고 장 선생과 화해를 할수 있겠다 싶어 '모포(모던포엠21)' 출신들 표를 몰아주기로 약속했었다. 그때 '모포' 출신 회원 숫자가 30여 명이 되었으므로 전체 회원 다섯 명 중 한 명인 셈이었다.

"물이 너무 맑으면 고기가 살 수 없는 것 아닙니까? 장 선생, 너무 깐깐해서 회원들한테 인기 없어요. 그리고 그건 신 작가가 선거에 나서지 않을 때 얘기 아닙니까? 걱정 마시고 '모포' 동인들만 묶어 주시면 내가 다 알아서 할 겁니다."

장 선생과 맞서는 상황이 된다면 그와는 돌이킬 수 없는 사이가 된다는 게 꺼림칙했다.

"지금 이 시대가 잘난 놈, 배운 놈들만 사는 세상입니까? 신 작가와 내가 손을 잡으면 충분히 이길 수 있어요. 내가 선거는 여러 번 해봐서 표 모으는 법을 압니다."

그러면서 김두식은 사람들 만날 때 밥값으로 쓰라며 봉투를 내밀었다.

김두식의 친화력 때문인지, 금권의 파괴력 때문인지 선거 중반에 이르자 김두식 지지로 확인된 자가 과반이 넘었다. 협회 선거는 명성이나 작품의 수준 가지고 하는 게 아니었다. 외눈박이 사회에선 두 눈을 가진 사람이 비정상인 것처럼 선거는 쉽게 이겼다.

부회장이 되고 나서는 매우 바빠졌다. 시나 각종 사회단체에서 행하는 공모전이나 백일장, 심지어 체육대회 표어 공모에 심사를 나가고, 문화원이나 도서관, 백화점, 주민 센터 등에서 실시하는 문화교실 강의로 쉴 새 없었다. 그리고 낯 간지러웠으나 협회에서 심사하는 김두식 회장이 만들어 준 S시 문학상도 받았다.

그런데 3년 차에 김두식 회장이 암으로 투병하면서 유고가 됐다. 그래서 회장을 대신해서 문학단체나 시에서 하는 각종 행사에 초청을 받았고 참석할 때마다 깍듯이 예우를 해주는데 어깨가 절로 우쭐해졌다.

신 여사가 두 번 째 수필집을 준비하게 된 것은 백영호 주간의 권유 때문이었다.

"이왕 회장 대행을 하는 거니까 차기 선거에 회장으로 나서요"

고삐 잡으면 말을 타고 싶고 말을 타면 하인을 부리고 싶은 게 인지상정인지라 신 여사는 잠시 망설였다.

"못할 게 뭐 있어요? 뒤에 '모포' 동인들이 있는데."

신 여사는 그간 불어난 '모포' 동인의 숫자와 부회장 하면서 인연을 맺은 많은 회원들을 합하면 그 누구와 겨뤄도 승산이 있을 것 같다는 판단이 섰다.

"그리고 회장이 되려면 작품집 한 권은 더 있어야 해요. 그리고 제작비는 회장 직대 신분으로 시청 문화예술과에 가서 말 한마디만 하면 얼마든지 지원받을 수 있어요"

싱그러운 바람이 방충망을 통하여 방안으로 스며들어 책상을 점령하고 있던 햇살을 살며시 애무하며 지나갔다. 그 바람 속에 묻어온 정원의 푸르고 노란 향기들이 책상 앞에 앉은 신 여사의 마음을 설레게 했다. 신 여사는 며칠 전 출판사에서 부쳐온 상자에서 테이프를 걷어내고 차곡차곡 정리되어 있는 수필집 『비오는 날 창가에서』를 꺼내 책상 위에 쌓아놓았다. 그리고 나를 손에 쥐고 주소지가 부착된 책 봉투를 확인하며 수필집 표지를 걷어 받는 사람의 이름 밑에 그 사람에게 알맞은 글귀 한 마디씩을 쓰고 능숙한 솜씨로 사인을 했다. 사인된 책은 봉투에 넣어 한쪽 구석으로 쌓아놓았다. 그렇게 잘 나가던 작업이 '장이경'이라 쓰인 봉투를 손에 드는 순간 잠시 중단됐다.

신 여사는 등단 이듬해 첫 번째 수필집 『아버지 무덤에 함께 묻다』를 내고 너무나 많은 후회를 했다. 그때는 책을 내야 비로소 문인이 된다는 백 주간의 말만 믿고 덜컥 원고를 보냈으나, 교정은 신 여사의 능력으론 한계가 있었다. 백 주간이 문창과 출신 알바를 써서 문장을 다듬어야겠다고 했을 때, '그래도 어엿한 수필가인데 감히 누가 내 글을 손봐' 하는 오만과 거드름이 결국 엉망진창인 책을 만들게 된 동인이었다. 책이 인쇄되어 나오고 나서도 표지 디자인이 참 아름답다는 인사에 취해 내용을 살필 겨를이 없었다.

그런 차제에 장이경에게서 전화가 왔다. 맞춤법도 엉망이고 도대체 문인으로서 기본도 안되었는데 쓰레기 같은 책 내었다고 득달같이 힐책했다. 심지어 자기에게 수필 배웠다고 하지 말라는 막말까지 했다. 그때는 선거에 진 것에 분풀이하는 줄 알았다. 몇몇 사람들한테서 문장이 이상하다, 교정을 누가 봤느냐는 말을 듣고 나서도 무엇이 잘못되었는지 알지 못했다. 그런데 장이경이 되보내온 수필집에 붉은색으로 밑줄을 그어가며 지적한 부분을 봐서야 맞춤법이 엉망이고, 중언부언하고, 문장 호응 안 되는 곳이 한두 군데가 아님을 알았다. 습작기의 설익은 작품들과 지금까지 이곳저곳에 발표한 글을 모아 책을 묶은 것인데, 그동안 지적하는 사람이 없어서 완벽한 줄 알았다. 책을 전부 회수하고 싶었지만 이미 5백여 권의 책이 지인들에게 발송된 후였다. 한동안 창피해서 사람 만나기가 두려웠었다.

'이번에도 날을 세우고 꼬투리 잡으려 현미경을 들이대겠지? 흥 난 두 번 당하지 않는다. 어디 봐라. 수십 년 작품 썼다는 너나 내가 다를 게 뭔가? 오히려 내 문장이 더 아름다울 걸?' 신 여사는 입꼬리를 올리면서 웃음까지 흘렸다. 그런 우를 다시 범하지 않기 위해, 제대로 문창과 학생 알바를 고용하여 문장을 다시 고쳐서 교정을 끝냈다. 내 몸 빌어 쓴 문장보다도 더 아름답고 세련되게 치장된 문장이 퍽이나 마음에 든 모양이었다. 역시 젊음의 손끝은 센스가 뛰어났다고 생각됐던지 신 여사는 노고에 감사하며 처음 약속했던 사례비에 십만 원을 더 붙여 건넸다.

신 여사는 책상 위에 팔을 올려 창밖의 뒹구는 낙엽을 바라보며 내 몸을 검지 위에서 빙글빙글 돌리기 시작했다. 신 여사가 글이 막히거나 생각에 잠길 때면 늘 하는 버릇이다. 마치 허공에 붕 띄웠다가 떨어지는 아기를 붙잡는 아빠들처럼, 하는 사람은 재미있을지 몰라도 당하는 나는 어지럽고 무서웠다.

신 여사가 이런저런 생각에 잠겼는데 휴대 전화가 울렸다. 핸드폰 뚜껑을 열어 액정을 살피는데, 순간 비행기 타고 있던 내 몸이 허공을 날더니 책상 아래로 곤두박질쳤다. 그런데 재수가 없자니 하필 책상 옆에 놓아둔 다듬이돌에 부딪히고 바닥에 내동이 쳐졌다. 입은 풍 맞은 것처럼 왼쪽으로 돌아가 버렸고 몸통은 깨어지고 금이 가서 중환자 신세가 됐다. 신 여사는 화들짝 놀라며 나를 들어 책상 위에 다소곳하게 놓고 는 사정도 모르고 울리는 휴대 전화를 원망스럽게 보았다.

파리에 있는 큰딸 화연이었다. 신 여사는 고개를 갸웃하며 책상 위에 있는 캘린더에 시선을 모았다. 화연이는 매주 월요 일 아침이면 문안 인사 겸 전화를 했다. '오늘은 금요일인 데…… 무슨 일이지?' 신 여사는 파문을 내며 울리는 전화기 를 들었다.

"그래, 엄마다. 어쩐 일이니 월요일도 아닌데?"

"엄마, 전시 날짜가 잡혔어. 12월 21일 부턴데 연말 대목이 라 당장 대관료를 물어야 한대. 그리고 도록이랑 포스터랑 만 들어야 하니까 목돈이 필요해."

"얼마나?"

"일단, 만 유로만 보내줘."

신 여사는 만 유로란 말에 깜짝 놀랐다. 하지만 졸업 작품 전시회라는데 송금안 할 수도 없는 처지였다. 어떻게든 마련 해서 보내야 하는데 현금이 부족했다. 사실 화연이가 프랑스 유학 가게 된 것도 알고 보면 신 여사의 허영 탓도 있었다. 공 부하기를 그렇게 싫어하던 딸이 서울 변두리 학교로 전학은 했지만, 성적은 밑바닥을 기었다. 그래서 담임선생과 상담한 결과 늦었으나 예술계통으로 진학시켜보면 어떻겠느냐는 말에 당장 화연이 손목을 잡고 미술학원을 찾았다. 문학상 때문에 된통 심한 상처를 입고 낙심해 있던 화연이도 심기일전하려는 듯 열심히 다녔다. 하지만 그 계통은 원래 바닥이 넓고 소질 있는 재원들이 많았다. 이름 있는 대학에 원서를 넣었지만 두 해를 재수해도 대기 후보자에도 이름을 올리지 못했다. 그래서 지방에 있는 대학을 졸업하면 유학을 보내 준다고 약속을 했고 졸업하자마자 적금 깨서 프랑스로 유학을 보냈다. 프랑스는 생각하는 것만큼 유학비용이 많이 들지 않았다. 워낙 교육제도가 잘 되어 있어서 외국 학생들도 입학만 하면 거의 무료로 공부할 수 있었다. 화연이도 아르바이트하며 생활비를 벌어 써서 목돈을 요구하는 일이 없었다.

"엄마 오픈 날 올 거지? 올 크리스마스는 파리에서 함께 보내요."

"글쎄 연말에 큰일이 있어서 시간 낼 수 있을지 모르겠다."

"엄마가 안 오면 어떻게 해? 무슨 일인데? 시집이라도 가?"

"미친년, 이 나이에 시집은 무슨? 실은 엄마 작가협회 회장 선거에 나서려고 해. 그게 하필 연말에 있지 뭐냐."

"아휴 엄마, 그런 거 뭐 하러 해. 편하게 살지."

"그러게 나도 쉬고 싶은데 주변에서 그렇게 놔두질 않는구나."

"가능성은 있는 거야?"

"그럼 명색이 회장 대리를 하면서 인심 써놓은 게 얼만데? 나를 두려워해선지 아직 나서겠다는 사람도 없구."

"그래도 졸업 작품전시회인데. 오픈 당일만이라도 왔다가."

한참을 수다 떨다 전화를 끊고 나서야 혼절해 누워 있는 나를 부여잡고 상태를 살피더니만 눈시울까지 붉혔다.

"아이구, 이게 어떤 만년필인데, 미안하다. 부려먹기만 하다가 너무 무심했구나."

신 여사는 코 앞으로 다가온 선거를 준비하느라 바빴다. 등단 10년 이상이라는 회장 출마 자격 조항도 '모포'동인들의 힘을 모아 5년으로 바꿨다. 선거를 앞두고 수필집 발송을 끝내고 출판기념회를 성대히 하면서 출정식을 겸하리란 계획도 세웠다.

그러던 운명의 날, 장이경에게서 만나자는 전화가 왔다. 불길한 생각이 들었다. 간밤 꿈자리가 안 좋았다. 산소를 찾았는데 아버지가 나타나 화난 얼굴로 아무 말 없이 바라보다가

산담의 돌들을 하나씩 들어 던지더니 산담이 우루루 무너지는 꿈을 꾸었다.

'무슨 일이지? 혹시 선거에 나서려는 것일까? 양보하라면 무슨 말로 거절을 하지?'

신 여사는 백 주간에게 전화를 걸어 상의했다.

"넘어서야 해요. 단호하게 양보할 생각 없다고 말해요. 표는 충분하잖아요?"

약속시간에 맞추어 시외의 한적한 커피숍에 도착하니 장 교수는 먼저와 커피를 마시고 있었다. 신 여사가 앞자리에 앉으며 인사하자 장이경은 찻잔을 내려놓으며 탁자 위에 놓인 책을 가리키며 냉소적으로 말했다.

"이번에도 기대를 배반하지 않았더군."

신 여사는 어안이 벙벙했다.

"아니 무슨 말씀인지?"

"처음엔 그간 많이 노력해서 문장이 참 아름답다 생각했어. 그런데 이거 봐."

그는 넓적한 숄더백에서 책 한 권을 꺼냈다. 『느림의 미학』이라는 사진 산문집이었다.

"여기서 배낀 거지?"

"아뇨, 전 처음 보는 책인데요."

장 교수는 어이없다는 듯 웃음을 흘리며 말을 이었다.

"내가 친절하게 구절마다 표시해 놓았으니까 한 번 대조해 봐. 그 책은 내가 잘못 가르친 죄 속죄하는 의미로 선물할게."

그러면서 책을 신 여사 쪽으로 쑥 밀었다.

신 여사는 책을 펼쳤다. 정말 한 장에도 여러 구절 밑에 빨 간줄이 그어져 있었고 그 아래 비교해 볼 페이지까지 자상하 게 써놓았다.

신 여사는 콩닥거리는 가슴을 달래며 자신의 책에 표시된 부분을 산문집에서 찾아보았다. 한 구절 전체가 토씨 하나 안 틀리고 그대로 옮겨져 있기도 했다. 내가 쓴 기억이 없는 글 귀다.

"아니 이게 어찌 된 거지?"

"왜 자기가 한 짓이 아니란 소리야?"

신 여사는 그때야 그 문창과 학생이 교정을 보면서 여러 군 데 고쳐 적어 넣었던 걸 생각해 냈다. '어쩐지 아름답다 했더 니' 얼굴만 붉히며 안절부절못하는데 장 교수는 다시 시비 걸 듯 말했다.

"그 경력은 또 뭐야? 거기 여성정치인연합회 부회장은 왜 들어가? 문학과 아무런 연관도 없는데. 그리고 맞춤법도 제 대로 모르면서 무슨 편집위원이야? 모녀가 도둑질하는 건 유

전인가 봐. 이제야 알았어. 그 사건 때문에 우리 남편이 얼마나 고통을 받았는지 알아?"

"속이려 했던 건 아니에요. 그리고 이것도 교정 과정에서 알바생이 그만."

"자신이 없으면 글을 쓰지 말아야지. 여기에 있는 거 태반이 소설이더구만. 수필과 소설도 구분 못 하면서 문학을 어떻게 보고 이따위 짓거리야? 기본도 안된 것들이 날뛰니 문학인들이 욕을 먹는 거지."

신 여사는 할 말이 없었다.

"죄송합니다."

"듣자니 이번 작가협회 선거에 회장으로 나선다며?"

"아니 결정된 건 아니고 주변에서 하도 권유해서 생각 중입니다."

그 말에 장 교수는 어이가 없는 듯 코웃음을 날리더니 귀를 의심케 하는 말을 했다.

"생각? 넌 이젠 다 끝났어. 이미 경찰에 고발됐거든. 너도 한 번 당해 봐."

신 여사는 어벙한 얼굴로 장 교수를 멀뚱히 바라봤다.

"사무 보는 정숙이 연락 안 받았어? 벌써 경찰서에 끌려갔을 걸. 내 동생 장이철이 감사 맞지? 그 애가 통장이랑 서류를 복사해서 경찰에 고발했거든? 공금 일천만 원 횡령했다며?"

신 여사는 그제야 가슴이 덜컥 내려앉았다. 언젠가 화연이의 사정을 사무장인 정숙이에게 말을 했는데 두 사람만 비밀로 하자며, 석 달만 쓰기로 하고 공금에 손을 댔던 것이다.

"장 감사 말로는 그것만이 아니고 편법으로 공금을 착복한 것이 여러 건이라는데? 난 자기가 무슨 돈이 많아 기부를 많이 하는가 했더니 그게 공금으로 돈질을 한 거라며?"

"그건 법률상 어쩔 수 없는 일이었어요."

"흥, 법 좋아하네."

민간단체가 국가나 지방자치제의 지원을 받으려면 지자체나 문화재단이 정한 일정한 액수의 자부담금을 통장에 입금해야 한다. 그런데 돈이 없는 비영리단체에 그건 커다란 부담이었다. 그래서 편법을 써서 거래하는 출판사나 행사 거래처에 그것을 부담시키고 대신 행사비에서 그것을 벌충하도록 하고, 입금된 돈은 장부상 회장이 부담한 것으로 처리하는 것이 관행이었다. 그래서 회장은 자신의 돈을 한 푼도 들이지 않고도 매년 수많은 기금을 기부한 것으로 처리된다는 것을 회장 직무대리를 하면서 알게 되었다.

신 여사는 앞일이 어찌 되었건 장 교수 입은 막아야 하겠다

일그러진 만년필

고 생각했다. 그래서 핸드백에서 선거 자금으로 쓰기 위해 인출해 둔 봉투를 꺼내 장 교수 앞으로 내밀었다.

"죄송합니다. 한 번만 봐 주세요. 선거엔 나서지 않을게요."

장 선생은 조롱하듯이 웃으며 말했다.

"흥. 문학에 ㅁ자도 모르는 사이비들을 회원으로 가입시켜 놓고 문학판을 분탕질한 주제에 선거? 이거 뇌물죄 추가된다는 거 몰라? 네 앞가림이나 잘해. 이제 곧 경찰에서 연락 오고 신문에도 대문짝만하게 기사 날걸? 그러게 주제를 알고 날뛰어야지. 그렇게 문학을 호구로 봤어? 너 같은 건 당해도 싸."

모질게 말을 마치고 장이경은 뒤도 쳐다보지 않고 밖으로 나가버렸다.

세상이 노랗게 보였다. 몸은 축 처져 손가락도 까딱 못하겠는데 아까부터 핸드백 속 내 곁에서 휴대전화가 시끄럽게 울리고 있었다. ✻

그늘진 사랑

"천벌을 받아 싸지"

호준의 전화를 받고 나니 분노의 기운들이 스멀스멀 피어올랐다. 겨우 쉰아홉인 모친이 죽음을 기다리고 있다니 믿기지 않았다. 가뜩이나 정 피디의 득달같은 호통을 들은 후라 노트북을 접고 작가실을 빠져나갈 엄두가 나지 않았다.

혼자 내뱉은 소리를 들었는지 창가에 서 있던 김 작가가 눈을 똥그랗게 뜨며 다가왔다.

"윤 작가님, 드라마 봐요?"

"아니야, 참. 김 작가 혹시 의학 쪽에 관심 있어?"

"건강 프로그램은 빠지지 않고 보긴 해요. 헌데 왜요?"

"아냐, 어때, 자기 대본은 잘 돼가?"

나는 괜히 말을 꺼냈다 싶어 말꼬리를 돌렸다.

"머리에 쥐가 나서 터질 지경이에요. 낼까지 못 내면 잘릴 텐데. 언니는요?"

"센스쟁이 김 작가도 못 하는데 나라고 무슨 수 있겠어? 그렇게 닦달만 말고 자신이 원하는 걸 구체적으로 말해 주던지. 이건 뭐 똥개 훈련시키는 것도 아니고 올리는 안마다 퇴짜를 놓으니. 나 원 참."

"그러게요. 아. 잠깐만요."

갑자기 아이디어가 떠올랐는지 김 작가는 황급히 자리로 돌아가 키보드를 두들겼다. 아랫배가 땅기는 듯했다. 종종걸음으로 화장실로 가 변기에 앉았다. 아랫배에 힘을 주었으나 또 실패다. 사흘째다.

호준은 될 수 있는 대로 빨리 내려오라고 했지만, 임종의 부산스러움과 마주하는 것이 귀찮아서 인터넷으로 마지막 편 제주행 티켓을 구했다. 평일인데도 만석이었다. 자리에 앉으니 눈꺼풀이 저절로 감겼다.

"엄마 폐가 굳어 가고 있어. 밤새 기침 소리 때문에 나도 잠을 설칠 때가 많아. 올해 넘기지 못한대."

호준의 말에 난 대꾸도 않고 종이컵의 커피만 홀짝거렸다.

"누난 엄마가 불쌍하지도 않아? 아픈 몸으로 살아보겠다고 얼마나 고생했는데?"

그 말에 동의할 수 없다고 말하고 싶었지만, 부질없이 동생과 말다툼하고 싶지 않았다. 대답이 없자 호준이 다그치듯 말을 이었다.

"정말 인연 끊을 거야? 얼굴 안 본 지 몇 년째야? 그만했으면 화해할 때도 됐잖아? 가족끼리 이해 못 할 게 뭐 있어?"

가족이란 말에 난 입술을 지그시 깨물고 나서 말했다.

"호준아, 가족이 무슨 소용이야? 서로에게 상처만 주고. 아등바등 삶에 치이다 보니 누나 노릇 못해 미안해."

그리고는 책상 속에 미리 준비해 둔 봉투를 꺼내 내밀었다. 순간 호준은 나를 노려보며 자리를 박차고 일어섰다.

"지금 날 무시하는 거야? 난 누나에게 섭섭한 것 없는 줄 알아? 그래 다신 만나지 말자고."

나를 만나러 일부러 서울 왔다가 그렇게 문을 부술 듯이 나간 호준이 두 달 만에 어머니가 위급하다는 전화를 해왔다.

밤 열한 시가 넘어서 참으로 오랜만에 낯선 집에 도착했다. 외삼촌과 호준이가 가쁜 숨을 내쉬는 어머니 침상 옆을 지키

그늘진 사랑

고 있었다.

"왜 이제야 왔어? 정말 생전 엄마 얼굴 안 보려 했어?"

호준은 방안으로 들어서는 나를 보고 대뜸 화부터 냈다. 외삼촌이 말리지 않았으면 멱살이라도 잡을 기세였다. 호통 소리에 놀랐는지 어머니가 감았던 눈을 번쩍 떴다. 시선이 마주치는 순간 머리카락이 쭈뼛 섰다. 눈에서 광선이 나오는 것 같았는데 자세히 보니 초점이 없는 눈동자였다.

"어서 손이라도 잡아 드려라. 너를 기다리느라고 긴 시간 고통을 참아내셨다."

난 마지못해 이불 밖으로 삐져나온 모친의 왼손을 잡았다. 나무 삭정이처럼 마른 손은 차디차고 딱딱했다. 관절염으로 굽은 손가락이 손바닥 안으로 들어왔다. 두 손으로 마주 잡아 온기를 전하자 어머니의 눈은 감겼고 큰 호흡을 내쉬더니 숨이 멈췄다. 눈물 한 줄기가 길을 만들며 베개 밑으로 떨어졌다.

호준은 울부짖었지만 마치 영화의 한 장면을 보는 것 같았다. 인간이란 스스로의 울음으로 모태에서 나와서 피붙이들의 울음으로 하직하는구나. 그래서 인생은 고해라는 건가? 생각이 꼬리를 무는데 옷소매로 눈가를 훔치고 난 외삼촌이 말했다.

"너를 기다렸던 모양이구나. 뼈가 굳기 전에 어서 다리와 손가락을 펴 드려라. 얼마나 무릎을 펴고 싶었겠냐?"

어머니는 젊었을 적부터 왼쪽 무릎을 펴지 못해 평생 절뚝발이로 살았다. 그것은 가난이 남긴 상처였다. 어머니는 어려서부터 겡이통에서 놀았다. 외할머니가 물질하는 동안 얕은 바닷가에서 게들과 놀면서 혼자 헤엄치는 법을 배웠고, 누께통에서 물질하는 법을 전수 받았다. 어머니는 상군 소리를 들을 만큼 기량이 뛰어났다. 동네 아줌마의 중매로 얼굴 잘생기고 풍채 좋은 아버지를 만나 시내로 이사하면서 물질을 그만두었다. 한동안은 원양어선 타는 아버지 덕으로 남부럽지 않게 잘 살았다.

그런데 어느 날부터 아버지에게서 부쳐 오던 돈이 끊겼다. 어머니는 다시 물질에 나섰지만 십여 년을 바다 떠나 살았으니 기량이 예전만 못했다. 한 푼이라도 더 남기려고 수확물을 어촌계에 맡기지 않고 외할머니 몫까지 가져다 시내 장터에 가판을 놓고 팔았다.

매우 추웠던 어느 겨울날, 어머니가 시장 아저씨에게 업혀 왔는데, 쭈그려 앉았던 무릎을 펴지 못했다. 병원에서 류마티스 관절염이라는 진단이 나왔다. 오랜 기간 물리 치료를 받고 나서도 두충 잎, 돼지 족발, 고양이 고기 등 좋다는 것은 다

구해서 먹었지만 끝내는 왼쪽 무릎 연골이 다 녹아버렸다. 걸을 때마다 뼈 부딪히는 소리가 났고 그때마다 어머니는 아파서 울었다.

나는 구부러져 바닥에 닿지 못하는 왼쪽 무릎을 양팔로 꾹 눌렀다. 우두둑 소리를 내며 그제야 오른 다리와 나란히 놓였다. 호준이가 흐느끼며 구부러진 어머니 손가락을 펴나갔다. 외삼촌이 어디선가 끈을 구해와 두 다리와 팔을 동여맸다.

장례는 외삼촌의 제안대로 병원에 맡기기로 했다. 연락받고 도착한 앰뷸런스에 외삼촌과 호준을 태워 먼저 보냈다. 시간은 이미 자정을 지나고 있었다. 벌컥 방송 대본이 걱정되었다. 아침 회의 전까지 보내야 하는데 아직 마땅한 아이템도 구하지 못한 것이 마음을 옥죄었다. 개다리소반 위에 노트북을 올려놓았지만 아무 생각도 떠오르지 않았다. 냉장고에서 물을 꺼내 마시다 맞은편 방 살짝 열린 문틈으로 티브이가 보였다. 방문을 열자 퀴퀴한 총각 냄새가 코를 찔렀다. 티브이 위에 있는 사진 액자 속에서 호준이가 편안하게 웃고 있었고, 내가 있어야 할 자리에 외할머니가 앉아 있었다. 부음 소식에도 고향을 찾지 못한 죄스러움에 얼른 시선을 옮겼다. 이내 어머니에게 시선이 닿자 넌더리가 나 액자를 덮어버렸다. 침대에 앉아 리모컨으로 티브이를 켜고 개그 프로그램을 찾았다. 상중임에도 개그 대본을 짜야 하는 현실을 생각하니 한숨이 나왔다. '인생은 언제나 아이러니지.' '저게 언제 적 개그야? 저렇게 유치한 것으로도 웃길 수 있나?' 팔로 머리를 괴고 잠시 몸을 모로 눕혔는데 깜빡 잠이 들었다.

전화벨 소리에 눈떠보니 티브이는 저 혼자 놀고 있고 시계는 2시를 향해 달리고 있다. 알아서 다 준비해 놓을 테니 푹 자고 내일 아침 오라는 호준의 배려가 고마웠다. 난 온기 없는 목소리로 알았다고만 했을 뿐 고맙다는 말은 하지 못했다.

다시 노트북 앞에 앉았으나 머릿속은 고장 난 라디오처럼 윙윙거리고 눈꺼풀만 무거웠다. 화장실로 가 수도꼭지를 돌리니 뜨거운 물이 나왔다. 알맞은 온도로 조절하고 욕조에 물을 받았다. 허물을 벗어던지고 탕 안에 앉으니 살갗을 침투해 들어온 따뜻한 기운에 눈꺼풀이 굴복했다. 자궁 속에 있을 때의 편안함이 느껴졌다. 유년의 기억이 불쑥 물풍선처럼 떠올랐다.

초등학교에 입학한 첫 생일이었으니 여덟 살 나던 해였다. 단짝 친구들에게서 꼬투리만 남은 몽당연필과 반쪽 자른 지

그늘진 사랑

우개를 생일선물로 받았다. 친구 둘을 데리고 집에 와보니 어머니는 없고 전복 무더기가 마당 비료 비닐 위에서 마르고 있었다. 답례품으로 그것을 하나씩 손에 안겼다. 그런데 어머니가 귀가한 뒤에 일이 터졌다. 어머니는 걷어 들인 전복 개수를 세어보고 나서 나를 불렀다. 난 고개를 흔들며 얼떨결에 시치미를 떼었다. 어머니는 어린 것이 거짓말을 한다며 빗자루를 들고 사정없이 내리쳤다.

"그 전복이 얼마짜린데. 어디다 숨겨두었어? 어린년이 벌써부터 도둑질을 해?"

"숨기지 않았어. 내가 먹었어. 배가 고파서 먹었어."

시퍼런 서슬에 생일이라고 차마 말을 할 수 없었다. 내리치는 빗자루를 팔로 막으며 울부짖었지만, 화가 풀리지 않은 어머니는 옷을 벗으라고 했다. 발가벗기고 쫓겨날 것이 두려워두 손이 발이 되도록 빌었지만, 어머니는 끝내 팬티까지 벗겨내곤 벌벌 떨며 우는 나를 헛간으로 끌고 갔다. 그리곤 빈 드럼통 속에 가두고 뚜껑을 닫아버렸다. 캄캄해서 아무것도 보이지 않았다. 어린 나이에도 죽는다는 것이 두려웠다. 목이터질 듯이 울다가 기진해 쓰러졌는데 밤늦게 돌아온 아버지에 의해 구원되었다. 몸에 난 상처를 어루만지며 어머니에게 욕을 해대는 아버지 품에서 난 서러움에 북받쳐 마구 울었다.

그때 아버지 품이 그토록 따듯하다는 걸 처음 느꼈다.

천정에서 떨어진 물방울이 정적을 깼다. 가만히 눈을 떠 욕
조 근처를 살펴보니 곳곳에 곰팡이가 영역을 장악하고 있었
다. 순간 그 곰팡이균이 물속에 들어와 나를 에워싸고 있다고
생각됐다. 나는 벌떡 일어나 때밀이 수건을 움켜쥐고 곰팡이
를 사정없이 공략했다. 샤워기 호스를 쏘아대며 빡빡 밀어댔
으나 오래 밴 곰팡이 떼는 거머리같이 몸을 웅크린 채 떨어지
질 않았다. 그러다 벗겨져 나온 곰팡이 조각이 내 몸에 붙은
것을 발견했다. 난 질겁하며 호스로 씻어내고는 때수건으로
몸이 벌겋게 물들도록 사정없이 밀어댔다.

전화벨 소리에 잠이 깨었다. 골치 아픈 정 피디였다.
"사정 아는데요. 어머니가 돌아가셔서요."
"무슨 개소리야? 어머니 안 계시다고 했잖아? 핑계 말고
오늘 3시까지 콘티 보내지 않으면 다신 내 얼굴 볼 생각 마."
일방적으로 전화를 끊었다. '몇 년을 함께 일해 왔는데 설
마 자르기야 하겠어?' 자위해 보지만 불길한 기운이 쌩하고
마음속을 훑고 지나갔다.

장례식장에 들어서니 먼저 와 진을 치고 있던 친척들이 내 손을 잡으며 살갑게 맞았다. 피로 얽어진 사람들은 삶의 애환을 함께 할 의무를 지닌다는 걸 알았지만 그런 사슬에 묶인다는 게 어색하고 싫었다. 난 의례적으로 그들과 손을 잡고 미소만 지었다. '지금 어디 살고 있느냐?' '무얼 하느냐?' '시집은 갔느냐? 애들은 몇이냐?' 하는 질문엔 그저 고개만 숙였다.

호준은 상조회에서 제공한 윗부분을 꿰매지 않은 삼베 두건을 쓰고 손님들을 맞이하고 있었다. 직장이 주류도매상이라 거래처에서 온 조화들이 꽤 많았다. 점심시간이 다가오자 문상객들이 몰려들었다. 식당은 북적댔지만 결코 추도의 슬픈 분위기는 아니었다. 사람들의 소음 속에서 멀미를 느끼는 순간 머릿속에 번쩍이듯 아이디어가 떠올랐다. 분향실을 빠져나와 조용한 곳을 찾았는데 마침 옆 분향실이 비어 있었다. 노트북을 그리로 가져가서 펼쳐놓고 방금 떠오른 구성안을 써나갔다. 한참을 집중해서 글을 쓰는데 외삼촌이 불쑥 들어왔다.

"아니 지금 여기서 뭘 하고 있는 거냐? 한참을 찾아다녔는데."

"예, 급히 보내야 할 문서가 있어서요."

"어멍 보내는 것보다 더 중한 일이 어디 이서? 지금 입관식

한다니까 얼른 영안실로 가자."

어렸을 적부터 엄격했던 경외의 대상이 눈을 부릅뜨고 지
켜보고 있는 데야 능칠 재간이 없었다. 난 워드 작업을 멈추
고 용수철처럼 튀어나갔다.

영안실에선 호준이와 가까운 친족들이 참석한 가운데 입관
식이 진행되고 있었다. 염장이라고 하기엔 너무 젊은 사람 둘
이서 망자의 옷을 벗기고 탈지면을 교체해가며 구석구석 정
성스럽게 닦아냈다. 수의를 갈아입히고 나서 하얗게 변한 얼
굴에 색조 화장까지 했다. 시신의 부패 방지를 위해 실내는
추웠고 시간은 오래 걸렸다. 그러나 얼마나 정성을 쏟았는지
끝났다고 말하는 그들의 얼굴엔 땀방울이 송글송글 맺혀 있
었다.

"자, 이제 좋은 곳으로 떠나는 망인에게 마지막 인사를 드
리겠습니다. 상주분들부터 나오십시오."

염장이는 땀을 닦고 나서 수저에 쌀 몇 알을 놓고 내밀었
다. 호준은 양손을 모아 기도를 했다. 그러자 살아있는 사람
에게 말을 하듯 시신의 입에 쌀을 넣으며 말했다.

"이건, 아드님이 드리는 마지막 밥입니다. 드시고 좋은 곳
에 왕생하십시오."

호준은 기어코 '어머니'를 부르며 오열했지만 그런 동생이

낯설게 느껴졌다. 화장술이 얼마나 기발했는지 젊었을 적 어머니의 모습 그대로였다. 순간 몸에 소름이 돋는 것을 느끼며 얼굴을 돌렸다.

'아, 늙는다는 건 마르는 것이로구나. 탱탱하던 육신에 윤기가 사라지고 물기가 빠져서 푸석해지면 흙이 되는 것이로구나.' 외삼촌이 툭 하고 등을 밀자 할 수 없이 다가갔지만 합장하지는 않았다. 그러자 내 얼굴을 힐끗 살핀 염장이는 수저를 옮기며 말을 했다.

"이건, 따님이 주시는 음식입니다. 음향 하시고 좋은 곳으로 가십시오."

외삼촌 내외와 사촌들이 같은 방법으로 의식을 끝내자 시신은 다시 삼베로 묶이고 관속으로 옮겨졌다. 입관식이 끝나자 성복제를 한다며 상조회에서 상복을 내밀었다. 호준이는 검은 양복 위에 완장과 제대로 기운 두건을 썼다. 내겐 하얀 헝겊이 달린 머리핀을 꼽고 검은 치마저고리를 입으라고 했다.

휴게실에서 옷을 갈아입는데 사촌 동생이 전화왔다며 핸드폰을 가지고 왔다. 정 피디였다. 시간을 확인하니 3시가 지나고 있었다. 난 아차 싶어 얼른 수신 모드로 만들었는데 벨 소리가 끊겼다. 전화를 할까 하다가 갈구는 말을 듣기가 싫어

'죄송합니다. 정리하고 곧 보내겠습니다.'는 문자를 보냈다.

영안실을 나와 옆 분향실로 걸음을 옮겼는데 초등학교에 다니는 조카 둘이서 노트북 앞에 앉아 있는 모습이 보였다. 순간 작업해 놓은 구성안을 저장했는지 생각이 나지 않았다.

"지금 너희들 뭐하니?"

신발을 내팽개치듯 벗고 달려가서 게임에 몰두하고 있는 두 조카를 밀쳤다. 그리고 게임을 아웃시키고 바탕 화면을 보았는데 저장된 한글 파일이 없었다. 혹시나 하고 문서 파일과 휴지통까지 뒤져 보았으나 흔적조차 남기지 않고 사라졌다.

"너희들 여기 있던 문서 어쨌어?"

아이들은 영문을 모르겠다는 듯 서로 멀뚱히 쳐다보며 말했다.

"우린 몰라요. 컴퓨터 있기에 게임한 거예요."

"맞다. 아까 우리 엄마가 핸드폰 충전하고 나갔는데."

눈앞이 노래지더니 다리에 힘이 풀려 일어설 수 없었다.

한쪽 구석에 마련된 상주 휴게실에 누워 잠시 눈을 붙였던 난 목청 돋우는 외삼촌의 소리에 깨었다. 문을 열고 나와 보니 허름한 복장의 노인이 고개를 숙이고 서 있었다. 한눈에 아버지란 걸 알았다. 심장의 거센 박동이 짜릿한 희열을 만들

그늘진 사랑

어냈으나 외삼촌의 노기가 워낙 대단해서 가까이 갈 수 없었다.

"가, 무슨 낯짝을 들고 여길 찾아왔어?"

아버지는 땅만 내려 볼 뿐 말이 없었다. 카키색 윗도리 속으로 환자복이 보였다. 후줄근한 바지를 입고 노랗게 변한 안색에 텁수룩하게 자란 하얀 수염이 완연한 병자의 모습이었다. 상주 자리엔 어린 조카가 지키고 있을 뿐 호준은 보이지 않았다.

"이 사기꾼 때문에 병을 얻고 일찍 죽었어. 이놈 아니었으면 호준이 어멍이 왜 시퍼런 나이에 죽느냔 말이야."

외삼촌은 손가락질하며 야단을 쳤지만, 아버지는 묵묵부답이었다. 둘러선 친척들의 입에서 '나쁜 놈', '아주 쇠가죽이구만.' 하는 소리가 나왔다. 그런 소리에 기가 오른 외삼촌이 아버지의 등을 떠밀어 분향실 밖으로 밀쳐냈다.

"아무리 그래도 마지막 가는 길에 향은 올리게 해야죠."

아버지가 그제야 고개를 들어 나를 바라봤다. 입가가 떨리더니 이내 탄식 같은 소리가 흘러나왔다.

"은정아!"

아버지의 팔을 잡고 분향실로 향하는데 뒤에서 호준이 목소리가 들렸다.

"안 돼, 여기가 어디라고 함부로 들어와. 당장 나가."

완강한 소리에 놀란 난 눈을 크게 뜨고 호준을 보았다. 술을 먹었는지 분기 때문인지 얼굴은 이미 벌겋게 달아올라 있었다.

"호준아, 그래도 아버지한테……."

"흥, 아버지 좋아하시네. 피를 주었다고 다 아버지야? 자식 앞길 막는 게 아버지냐구? 누나는 내 꼬라지 몰라서 이러는 거야?"

난 일본에서 돌아와서야 호준이가 아버지와 틀어진 이유를 알았다. 어머니는 호준의 진학을 위해 세뱃돈 등을 모아 적금을 들었다. 그런데 당시 노름에 빠진 아버지는 현금은 물론 호준과 내 이름으로 된 적금 통장도 깼다. 호준이의 이름으로 대출한 것도 모자라 보증인으로 세워 사채까지 끌어다 썼다. 사채업자에 쫓기던 호준은 고등학교를 마치자마자 군 입대로 도피했다. 그렇게 호준은 사회에 나오기도 전에 신용불량자가 되어 제대 후 취직에도 애를 먹었다. 10여 년이 지난 지금도 빚을 다 갚지 못해 사채업자들이 따라 다닌다고 했다. 호준의 고통과 분노를 모르는 바가 아니었지만, 나에겐 일본에 있을 때도 한없이 그리운 아버지였다.

그리울 때마다 어렸을 적 생각이 났다. 늘 내주었던 그 넓고 따뜻한 등, 자고 있는 나를 깨워 아이스크림을 내밀며 짓던 넉넉한 미소, 오일장이 열리는 날이면 짜장면과 예쁜 신발과 옷을 사주었던 유년의 기억들은 결코 잊을 수 없는 아버지 모습이었다. 아버진 젊은 시절부터 원양어선을 타고 나가 배에서 생활했다. 어쩌다 귀국할 때면 초콜릿이랑 외국 인형들을 가지고 왔다. 그런 아버지를 가진 나를 동네 아이들은 부러워했다. 그러나 아버지의 생활이 고달팠다는 건 철이 든 후에야 알았다. 종일 힘든 노역을 마치고 나면 망망한 바다 위에서 낙이라는 건 동료 선원들과 어울려 술 마시고 화투 치는 일이었다. 노름하다 보면 싸움도 벌어지고 다치기도 한다고 했다. 그런데 어느 날은 어머니한테 큰돈을 준비하라는 연락이 왔다. 아버지가 사고를 쳐 선원 하나가 머리를 다치고 실명이 되어 합의금이 필요했다. 배에서 내린 아버지는 노름에 빠져 돈이 궁할 때만 집에 들렀다. 그런데 외삼촌이 어디서 들었는지 아버지는 정혼한 여자가 있었는데, 그걸 숨기고 사기 결혼했다고 했다. 아버지는 지금 그 여자와 살고 있다는 말을 나도 숨어서 들었다.

결국, 다툼 끝에 이혼했다. 그게 첫 월경을 하던 해였으니 상처는 오래 남았다.

주변의 기세에 눌린 듯 아버지는 고개를 숙이고 출구 쪽으로 발길을 돌렸다. 난 아버지 뒤를 따라 나오며 물었다.

"아버지, 어디가 아프세요?"

땅만 보며 묵묵히 걸어가던 아버지가 걸음을 멈추더니 고개를 들어 나를 바라보았다.

"면목 없다. 벌을 받아도 싸지. 너희들에게 고통만 주고."

다시 아버지의 고개가 꺾이면서 어깨가 축 늘어졌다. 멀쩡했던 아버지의 손이 이상했다. 난 손을 잡고 말없이 바라보았다. 오른쪽 엄지와 검지 마디가 잘려 있었다. 갑자기 눈물이 왈칵 쏟아졌다. 아버지가 슬며시 고개를 들었다. 이미 젖어 있던 아버지의 눈에서도 눈물이 떨어져 내렸다. 난 손바닥으로 흘러내린 아버지의 눈물 자국을 닦았다.

"울지 마세요. 저도 자식 된 도리 다 못해 미안해요. 삶이 어디 마음먹은 대로 되는 건가요?"

눈물을 흘리면서도 난 아이를 달래듯이 아버지의 얼굴을 닦아냈다.

"잘 살아야 육 개월이다. 저승에 가면 어머니한테 용서를 구하마."

"어디가 아프신데요?"

아버지는 손바닥으로 배를 감싸며 말했다.

그늘진 사랑

"간. 복수가 차올라. 병원에서 죽을 날만 기다리고 있다."

기억을 재생하며 원고를 쓰는데 휴대 전화가 짧게 진동했다. 순간 정 피디가 생각나 가슴이 철렁했는데 예감은 틀리지 않았다.

'이젠 나로서도 어쩔 수 없어. 사람 그렇게 안 봤는데 다신 연락도 마.'

"개새끼. 인정머리 하곤."

분통이 터져 멍하니 앉아 있는데, 밖에서 야단치는 소리가 들렸다.

"아니, 지금 뭐 하는 게냐? 통곡해도 시원치 않은데. 무슨 애가 그러냐?"

외삼촌의 잔소리는 울고 싶은데 뺨을 때린 격이었다.

"내가 뭘요? 왜 나만 갖고 그래요!"

밤 10시가 넘어서자 친척들도 모두 자리를 뜨고 호준과 둘만 남았다.

"누나, 여긴 내가 있을 테니 집에 가서 편히 쉬어."

호준이가 어른스럽게 느껴졌다. 택시를 타고 집으로 가는 길이 무척 꿉꿉했다. 문득 어렸을 적 헤엄치던 고향 바다 생각이 났다.

"아저씨 죄송한데요. 한담으로 가 주세요."

달이 없는 밤이었지만 2층 카페에서 나오는 불빛으로 바닷가는 환하게 밝았다. 예전에는 없던 건물이 들어서고 고향은 많이 변해 있었다. 바닷길로 내려서니 어릴 적 놀던 자그만 백사장이 반겨주었다. 잔잔하게 밀려드는 파도 소리를 벗 삼아 가로등 켜진 산책로를 걸었다. 굽어진 길을 돌아서면 숨어 있던 기암괴석들이 달려들었지만, 생각에 몰두한 은정에겐 보이지 않았다.

'이제 어떻게 하지? 졸지에 백수가 되었으니. 미친 새끼, 의리도 인간에 대한 예의도 모르는 놈. 어디서 일자리를 찾지?' 머릿속에서 툴툴거리며 돌아가는 낡은 선풍기 소리가 들렸다. 손등으로 목을 타고 흐르는 진땀을 훔치자 멱을 감고 싶다는 생각이 들었다. 주변을 살펴보니 카페의 불빛도 멀고 산책객들도 없었다. 난 산책길의 궤도를 이탈하여 바위틈에다 신발과 옷을 차곡차곡 벗어 두고 콕콕 찌르는 현무암 바위를 밟으며 바다로 들어갔다. 겨울로 접어들었는데도 바닷속은 오히려 따뜻했다. 두 팔을 휘젓자 물결이 내 알몸을 부드럽게 애무했다. 그냥 이대로 잠들고 싶다는 생각이 들었다.

도로변에서 택시를 기다리는데 아까부터 카페 앞에서 담배를 피우며 힐끔거리던 남자가 다가왔다. 위기감을 느끼며 발길을 옮기는데, 뒤에서 소리가 들렸다.

"혹시, 은정이 누나 아니세요?"

돌아다보니 유행하는 머리에 스포티한 복장을 갖춘 건장한 젊은이였다.

"맞구나. 저 명훈이에요. 성훈이 형 동생."

난 반가움에 한 발자국 다가섰다.

"명훈이?"

"저 카페 제가 운영하는 거예요. 바쁘신 줄 알지만, 커피 한 잔하고 가세요."

카페는 영업이 끝나서 음악도 멎어 있었다. 명훈이 안내한 자리에 앉아 커피가 나오기를 기다리며 주변을 찬찬히 살폈다. 카페는 젊은이들 취향에 맞게 인기 걸그룹 브로마이드와 캐릭터 인형, 자그만 화분, 특이하게 생긴 조명기구 등으로 아기자기하게 꾸며져 있었다.

"어머니 소식 들었어요, 동창회에서는 내일 조문 갈 거예요."

커피에 각설탕 한 조각을 넣고 저으며 그제야 명훈을 기억해 냈다.

"우리 호준이와 동창이었지?"

"그럼요. 어렸을 적 집에 자주 놀러 갔었잖아요?"

옆 마을에 살던 성훈은 군 제대 후 교회에서 교리를 가르치고 있었다. 영옥을 따라 교회에 갔던 난 첫눈에 기타 치며 노래하는 성훈에게 반하고 말았다. 외로운 자신에게 하느님이 내린 선물이라 생각했다. 날마다 성훈에 대한 그리움을 일기장에 쓰며 일요일을 기다렸다. 성훈의 생각으로 잠 못 이루는 밤이 많아졌다. 그런데 교리가 끝난 어느 날 성훈이 보자고 했다. 자신의 간절한 기도가 하느님에게 닿았다고 생각했는데 애타는 모습을 보다 못한 영옥이 도와주었다는 걸 나중에야 알았다. 천국을 날아다니는 듯 나날이 꽃 봄이었다. 그날 이후 우리는 시내 성훈의 자취방에서 자주 만났다.

그런데 고등학생 신분인 내가 덜컥 임신하고 말았다. 배가 점점 불어 오르자 겁이 났다. 소문날까 봐 학교도 가지 못했는데, 종국에는 입덧하는 모습을 어머니에게 들키고야 말았다. 어머니는 다짜고짜 매질부터 시작했고, 급기야 성훈의 집으로 끌고 갔다. 책임지겠다는 성훈에게 어머니는 악다구니를 퍼부었다.

"시방 아방 없다고 우리 집안 무시하는 거야? 참말로 무슨 낯짝으로 결혼? 그런 부모에 그 얼굴로? 아이고 야."

성훈은 어렸을 적 앓은 마마 후유증으로 얼굴이 얽어있었다. 부모가 일찍 이혼하는 바람에 고아원에서 자랐고, 모친은 술집을 운영하다 재가하여 명훈을 낳았다. 이런 집안 내력을 알고 있는 어머니는 성훈을 받아들이지 않았다. 울며불며 사정했지만, 바깥출입도 못 하게 감금시켰다.

얼마 후, 어머니는 나를 일본으로 데리고 가서 낙태수술을 시켰다. 그리고 나를 이모에게 맡기고 혼자 귀국해버렸다. 그 후로 성훈 소식은 듣지 못했다.

"형은 잘 살고 있지?"

"서울에 살아요. EP&C라고 핸드폰 부품 만드는 회산데 거기 상무예요."

쓴웃음이 나왔다. 잔을 들어 커피를 마시는데 명훈이가 말을 이었다.

"참, 영옥이 누난 만났어요?"

김영옥. 어렸을 적 단짝이었는데, 일본에 간 이후 소식이 끊겼었다.

"영옥이가 제주에 있어?"

"그럼요. 신제주에서 가게해요. 저도 접대 손님 있으면 가끔 가요. 집에 가는 길에 모셔다 드릴 게요."

명훈은 대답도 기다리지 않고 퇴근 준비를 서둘렀다. 시내로 가는 차 안에서 명훈은 호준의 이야기를 했다. 사귀던 여자 친구가 엊그제 해산했는데 호준은 그녀를 나무라며 모른 척한다는 것이었다.

"순지가 바람기가 있다며 자신의 애가 아니라는 거죠. 그런 건 병원 가서 유전자 검사하면 알 수 있는 것 아녜요? 헌데 호준이가 꺼리는 거예요. 자신은 늘 독신주의자라고 나팔 불고 다녔거든요. 누나가 잘 설득해 줘요. 순지가 안됐어요."

영옥은 아담한 호텔 지하에서 룸비지니스 클럽을 운영하고 있었다. 영옥은 오랜만에 나타난 나를 호들갑스럽게 맞이하며 반가워했다. 서로 그간의 사정을 안주로 위스키 잔이 몇 순배 돌아가자 영옥이 불쑥 성훈의 이야기를 꺼냈다.

"명절이나 출장을 오게 되면 가끔 여기 들리는데 네 안부를 묻더구나. 남자들은 첫사랑을 못 잊는 게 맞아."

"다 철없던 시절 얘기지."

말은 그렇게 했지만, 성훈이 어떻게 변했는지 궁금했다.

"그래, 왜 그간 소식 없었어? 일본에 간 건 아는데 귀국했으면 연락이라도 했어야지?"

"미안하다, 고향이 싫다 보니 그리됐다."

"고향 아니라 어멍이 싫은 거겠주? 그렇다고 친구까지 버리냐?"

영옥은 직업 탓인지 사람 속을 꿰뚫어 보는 듯했다.

"나 일본에서 못 나올 뻔했다. 일본 사람이 애 나 달라고 어찌나 보채는지?"

"왜 마음 좋고 돈 많으면 눈까진 양코배기라도 오케이지. 지금은 글로벌 시대 아니가?"

"어멍의 간계에 내 인생 맡기라고? 흥."

몸조리가 끝난 후 난 이모의 식당에서 몇 년 동안 일을 했다. 그러다 이모부가 다른 지방으로 전근 가게 되자 이모는 식당을 접었다. 그래서 난 이모의 소개로 단골이었던 일본인 집안의 가정부로 들어갔다. 돈이 많은 일본인은 처음에는 친딸처럼 잘 대해 주었으나, 계절이 바뀐 어느 날 노골적으로 본색을 드러냈다. 집안에 자식이 없어서 애를 하나 나주면 상당한 돈을 주겠다는 것이었다. 그것은 처음부터 약속된 것이고 모친도 승낙한 일이라고 했다. 계약금으로 어머니에게 송금한 영수증까지 보여주었다. 이모에게 전화 걸어 확인하니 모두 사실이었다. 모욕감과 배신감에 부들부들 떨었다. 당장 그 집을 나와 이모에게로 갔다. 헌데 이모의 말은 더 충격적이었다.

"언닌 자기의 전철을 밟을까 두려워했어. 사실은 언니도 널 임신했기 때문에 네 아버지 상황을 알면서도 억지로 결혼했거든. 너를 일본에 데리고 온 것도 다 생각이 있어서야. 지금 호준이는 외할머니가 돌보고 있고, 언니는 좋은 사람 만나 잘 살고 있다. 어머니 욕하지 말고 네 앞길 네가 알아서 해."

'재혼을 위해서 나를?' 그 말은 들은 이후 난 어머니와의 인연은 끝났다고 생각했다.

이야기를 듣던 영옥이 웃으면서 추억 한 조각을 꺼내 들었다.

"너 기억나니? 중학교 때 수철이랑 너희 집에 갔는데 어린 것들이 공부는 않고 무슨 연애질이냐고 쫓겨났던 거 말야?"

"그게 자격지심 때문이었다는 걸 그땐 몰랐지. 그렇게 자식까지 버린 사람이 잘 될 리 있어? 동거하던 남자가 사업에 실패하고 자살하는 바람에 얼마 살아보지도 못하고 할머니네 집으로 돌아왔지. 그러니 내가 그 꼬락서니를 보고 싶겠냐구?"

속이 니글거렸다. 화장실 가려고 일어서려는데 어지러웠다. 생각해보니 점심과 저녁도 거른 빈속이었다.

"왜 벌써 가려고?"

그늘진 사랑

"아냐, 속이 안 좋아서."

"시간도 늦었는데, 여기서 자고 가. 위층 호텔에 방 잡아 줄게."

룸에 딸린 화장실에서 구토하려고 했지만, 헛구역질만 나왔다. 화장을 고치고 나왔는데 온몸에 기름을 바른 듯한 말쑥한 젊은 총각이 앉아 있었다.

"얘 괜찮지? 우리끼리 무슨 재미야? 오늘은 마님 대접 좀 받아봐."

정 군은 대학생인데 알바를 하고 있다고 했다. 얼굴도 미남인데다 매너가 깍듯했다. 그렇게 둘이서 정 군을 희롱하며 술을 마시다 난 의식을 잃었다.

바닷속을 헤엄치고 있었다. 물결의 부드러운 촉감이 닿을 때마다 몸은 바다 위로 솟구쳐 올랐고 황홀경을 느꼈다. 처음으로 느껴보는 야릇한 기분이었다. 몇 번의 환희를 느끼고 깊은 잠에 빠졌는데 누군가 쫓아오고 있었다. 빠른 걸음으로 도망쳤지만 금방 잡힐 것 같았다. 골목을 돌자 헛간이 나타났다. 그 안에 드럼통이 있었다. 드럼통 속에서 알몸을 둥그렇게 말아 두 팔로 안았으나 부들부들 떨렸다. 제발 무사히 지나가기를 기도하는데 갑자기 뚜껑이 열리며 머리채를 잡힌 채 내동댕이쳐졌다. 징그러운 웃음소리가 들렸다. 어머니였다. 난 비명을 지르며 벌떡 일어났다.

누군가 밖에서 노크하고 있었다. 잠자리가 낯설다고 느끼며 옆자리를 보니 정 군이 알몸으로 자고 있었다. 난 고개를 흔들며 머리를 쥐어박았다. 노크 소리가 잦아졌다.

난 정 군과 함께 경찰서로 끌려갔다. 그는 대학생도 아니었고 사기전과 3범으로 수배 중인 범죄자였다. 연락을 받은 영옥이 와서야 난 풀려났다.

일포제를 올렸다. 고인의 명복을 빌며 영결식 하루 전 올리는 의식이다. 제를 마치고 커피를 청해 마시는데 속으로 들어갔던 뜨거운 것에 위가 놀랐는지 금방 되올라왔다. 위가 제대로 상한 모양이다.

"누나, 어제 술 마셨어?"

속을 달래느라 배를 문지르는데 옆에서 지켜보던 호준이 한소리 했다.

"아냐. 스트레스받으면 가끔 이래."

병원을 찾아 처방을 받은 후 아버지 병실을 찾았다. 6인 병실이었는데 아버지는 자고 있었다. 이웃 간병인이 모든 걸 포

그늘진 사랑

기한 사람처럼 밥도 안 먹고 수면제에 의지해 잠만 잔다고 했다. 은정은 메모를 써 전해 달라고 부탁하고 담당 의사를 만나고 돌아왔다.

장례식장은 호준의 친구들, 거래처 사람들, 멀리서 온 친척들까지 모여들어 북새통이었다. 점심시간이 지나 사람들이 빠져나갔을 때 호준이 분향실로 들어오며 손님이 찾는다고 했다.

"내게 손님? 영옥인가?"

"아냐. 나가 봐."

밖으로 나가려는데, 도시 냄새가 물씬 풍기는 신사가 분향실 안으로 들어왔다. 시선이 마주치자 그는 말없이 목례를 했다. 성훈이었다. 갑자기 얼굴에 화기가 몰리며 심장이 쫄깃해졌다. 성훈은 향을 꼽고 절을 했다. 그는 마마 자국도 없는 얼굴에, 흰 와이셔츠에 검은 넥타이가 잘 어울리는 중후한 신사로 변해 있었다. 식당 한쪽에 자리를 정하자 손을 내밀며 악수를 청했다. 쑥스럽기도 하고 어정쩡한 표정으로 손을 마주 잡자 성훈이 활짝 웃으며 분위기를 띄웠다.

"명훈에게 전화 받고 얼마나 기뻤는지 몰라."

"영정 사진 보며 느끼는 거 없었어요? 그렇게 닦달질 당하며 매까지 맞았는데."

"그땐 참 밉고 괴로웠지만 지나고 나니 그게 부모 마음이구나 생각했어. 한창 나인데 안됐어."

"다 팔자소관이지 뭐. 참 좋아 보여요."

"여기 오기 전 영옥일 만났어."

영옥을 만났다면 자신의 사정을 들었을 것이라는 생각에 부끄러웠다. 어색한 분위기를 깨기 위해 무슨 이야기라도 해야겠는데, 얼른 화두가 떠오르지 않았다. 단체 조문객들이 식당 안으로 들어왔다.

"참 식사해야죠?"

"아냐, 저녁에 중요한 미팅이 있어서 바로 올라가야 해. 여기서 긴 이야긴 못하겠고, 일 치르고 나서 나 좀 만나."

성훈은 양복저고리에서 명함을 꺼내 내밀었다. '㈜홍진무역 대표이사'라는 글자가 눈에 들어왔다.

"다니던 회사 사표 내고 새로 사업 시작했어, 나 좀 도와줘."

"내가 무슨?"

"방송 작가라면 홍보 파트는 일가견 있을 것 아냐? 일본하고 합작회산데 은정이 할 일이 왜 없겠어?"

갑자기 밖이 소란스러워지자 성훈은 서둘러 커피잔을 비우고 일어섰다. 소란의 근원지를 찾으니 험상궂게 생긴 사람이 호준일 앞에 두고 실랑이를 하고 있었고, 외삼촌이 중재하고 있었다. 그들이 사채업자가 보낸 똘만이란 것을 단박에 눈치 챘다.

"초상집에서 행패 부리지 말고 내 말이 거짓말인지 가서 알아봐. 미성년자 연대보증 무효라는 뉴스 내 눈으로 똑똑히 봤다니까."

건달은 화풀이하듯 주변 사람들에게 쌍욕을 내뱉으며 죄 없는 의자를 발로 걸어차고 나갔다.

밤이 늦어지자 밤샘하려는 사람들만 남고, 모두 돌아갔다. 화투꾼들 시중들던 호준이가 분향실로 돌아와 잠자리를 폈다.

"누나, 집에 가서 자."

"잠깐 얘기 좀 하자."

"내일 하면 안 돼? 지금 피곤한데?"

"장례 끝나면 나도 어떻게 될지 몰라."

호준이 침구 위에서 벽에 기대어 앉으며 의아한 표정으로 바라봤다.

"무슨 일인데?"

나도 벽에 등을 기대고 호준과 나란히 앉았다.

"너 아들 낳았다며? 축하한다."

"누나 그거 어떻게 알았어?"

"명훈이한테 대충 얘기 들었다. 네 사랑이 거짓이 아니었다면 받아드려. 징그럽게 불행한 인생 대물림하고 싶니?"

호준이의 표정이 심각해지더니 나직한 소리로 말했다.

"누난, 그간 내가 얼마나 절망했는지 모를 거야. 난 결혼할 능력도 자격도 없는 막장 인생이야. 난 참 비겁한 놈이지?"

호준이는 소리 없이 울고 있었다.

"그게 어디 네 탓이니? 빚더미나 물려주는 세상 탓이지. 이제 다 풀렸잖아. 그래도 넌 직장이라도 있으니 다행이지. 네 또래 애들 백수 많잖아? 이제 네 인생 살아."

호준이는 손등으로 눈물을 훔치며 고개를 끄덕였다.

"그간의 고통스런 날들에 복수하듯 살 거야."

"병원에 갔다가 아버지 담당 의사 만났어. 간 이식받으면 살 수 있대. 그것도 아무한테나 받을 수 있는 건 아니고 자식들이라고 다 되는 것도 아니래. 수치도 맞아야 하고."

"누나, 나보고 간 이식하라는 거야?"

호준이는 흐느끼던 아까와는 사뭇 다른 얼굴로 화를 냈다.

"아냐. 난 내일 검사 받아 보려고."

"누나 인생 누나가 알아서 해. 난 그 사람 죽어서도 용서할

그늘진 사랑

수 없어."

호준은 이불을 뒤집어쓰고 자신의 몸을 숨겨버렸다.

금방 눈이라도 퍼부을 듯 하늘은 퉁퉁 부어 있었다. 발인제
를 올린 후 망인의 관은 영구차에 실려 화장장으로 옮겨졌고,
호준이 오열하는 가운데 가마 속으로 들어갔다. 좁다란 분향
실에 앉으니 시선이 어머니 영정에 머물렀다. 어제 성훈이 배
웅 중에 하던 말이 떠올랐다.

"언젠가 명절 때 집에 찾아간 적이 있었어. 은정일 망쳐놓
아 죄송하다고 했지. 헌데 어머닌 젊은 애 앞길 막아선 자신
의 죄가 크다고 용서를 구했어. 이젠 그만 어머닐 놓아 드려."

영옥의 말도 생각났다.

"애, 성훈 씨 말이야. 아직도 총각이래. 말로는 연애할 시간
없어 결혼 못 했다지만 아직도 널 좋아하는 거 아냐?"

생각에 잠겨있는데 호준이 들어와 옆에 앉았다.

"누나, 어제 곰곰이 생각해 봤는데 난 아버지한테 철저히
복수하기로 했어."

복수라는 말이 의아해 호준을 바라보았다.

"이대로 죽어버리면 내 인생 복수할 데 없잖아? 잘 사는 걸
보여 주고 눈물 흘리게 만들 거야"

죽어도 용서할 수 없다더니 역시 피 끌림은 어쩔 수 없구나. 코끝이 찡해 왔다.

"그럼. 너도 병원에 함께 갈래?"

호준이 고개를 끄덕였다.

"하지만 순지와 내 아들 보는 게 먼저야. 내 가족이잖아?"

갑자기 아랫배가 살살 아파왔다. 변의를 참으며 화장실로 달렸다. 변기에 앉자마자 속 시원하게 터졌다. 아랫배에 힘을 주느라 그랬는지 눈물이 다 나왔다. 성훈이 했던 말이 귓속을 맴돌았다. '어머니를 붙잡고 있으면 영혼이 저승으로 가지 못하고 구천을 헤맬 거야.' 그리고 난 언제고 과거의 굴레 속에서 허우적댈 것이다.

재가 되어버린 증오가 무슨 소용인가? 따져볼 기회도 변명도 없이 가버린 어머니가 야속했다. 눈물이 쏟아져 내렸다. 난 목 놓아 하염없이 울며 소리쳤다.

"엄마. 그렇게 가버리면 난 누구한테 복수하라고."

창밖 잿빛 하늘에선 새하얀 눈이 펑펑 쏟아지고 있었다. ✤

그늘진 사랑

놓친 열차는 아름답다

나는 죽어가고 있다. 살아있는 것들은 사멸의 순간을 향해 달려가고 있다지만 그렇게 생각하기엔 이제 갓 오십에 들어선 난 너무 억울하다.

인간의 장기 중에서 가장 중요한 구실을 하는 첨병이 눈이다. 시각을 통해서 인식하고 느끼고 생각하고 기억을 저장할 수 있기 때문이다. 그러나 눈은 과거도 미래도 아닌 현재의 것만 볼 수 있는 한계가 있다.

아담과 이브가 낙원에서 추방된 후 인간에겐 에덴동산에 대한 회귀본능이 원죄처럼 남았다. 그래서 늘 좋았던 과거를 기억하며 그리워한다. 예술이 다 그렇지만 사진에 관심과 열정을 갖는 것도 회귀본능에 대한 무의식 때문이라고 생각한다.

나는 우연한 기회에 사진을 가까이하게 됐다. 좀 더 구체적으로 말하자면 대학생 때, 급전이 필요한 선배에게서 헐값으로 인수한 카메라 때문에 사진 찍기가 취미가 됐고, 잡지사 기자가 되어 지금까지 먹고 살아왔다. 그런데 그 순간을 포착하는 생명줄 같은 시력이 서서히 죽어가고 있다.

시력이 고장 난 것을 안 것은 2년 전 가을이었다. 친구들과 어울려 새벽까지 폭음하고 깨어난 후부터다. 눈을 떴을 때 안개 속처럼 앞이 흐릿했다. 술이 덜 깬 탓으로 생각했는데 시간이 흘러도 사물이 뚜렷하게 보이지 않았다. 왼쪽 시력은 사물의 형태만 희미하게 짐작할 수 있을 뿐이고 오른쪽은 그나마 가까이 있는 사물을 분별할 수 있는 정도다. 안과에서는 시신경 노쇠 현상으로 완치 불가능 판정을 내렸다. 이런 현상은 당뇨에서 오기도 한다는데 혈당 수치는 그리 높은 편이 아니었다. 대학생 때 시위 장면을 촬영하다가 전경이 휘두른 곤봉에 머리를 맞아 의식을 잃고 쓰러진 일을 기억해 냈다. 그 후유증이 이제야 나타난 것이라고 의사는 진단을 내렸다. 실명을 늦추기 위해 투약을 하고 시력을 무리하게 사용하지 말라는 주의를 받았다.

캄캄한 세상에 혼자 적응해야 할 현실은 두려움을 넘어 공포였다. 나보다 더 나쁜 놈들이 많은 세상인데 왜 나만 이런 형벌을 받아야 하는가? 분노에 사로잡힌 눈물의 시간을 거쳐 현실을 인정하는 각성의 시간에 들자 생존을 위한 준비에 들어갔다.

현장을 쫓아다니며 사진을 찍을 수도 보정 작업을 할 수도 없어 이십여 년 다니던 직장을 그만두었다. 시력이 남아 있을 때 조용한 곳에 집도 마련하고 여생을 준비해야 한다는 초조함 때문이었다.

아이러니컬하게도 그제야 세상이 보이기 시작했다. 난 사진만 생각하며 친구 하나 없이 참 이기적으로 살아왔다는 생각이 들었다. 가족이 필요했으나 그들을 다시 가까이 할 수 없다는 상실감에 절망했다. 오랜 시간 떨어져 이젠 소식마저 뜸한 그들은 이미 가족이 아니다. 홀로 서야 한다. 맹인의 몸으로 성공한 사람들의 삶에서 긍정이라는 것을 배웠다. 영화 '여인의 향기'에서 앞 못 보는 퇴역 장교 역할을 멋들어지게 연기한 주인공을 기억하며 여유를 되찾았다.

남아 있는 마지막 순간까지 들이마시는 공기가 깨끗했으면 좋겠다는 생각에 제주도의 한적한 동네에 거처를 마련했다. 눈을 감고 감각과 기억을 통하여 사물을 식별하고 생활 기기

　　　　　　　　　　　　　놓친 열차는 아름답다

의 사용법을 익히며 맹인의 생활을 하나씩 준비했다. 그리고 버킷리스트에 아름다운 사진작품집 만드는 것을 넣었다. 아버지 노릇 못한 딸에게 남기는 마지막 선물을 위해서다.

*

도항선의 승객은 대충 20여 명쯤 되어 보였다. 선착장 바다는 잔잔했지만, 내항을 벗어나자 물결이 춤을 추더니 배를 뒤집어 놓을 듯 파도가 객실 유리창을 덮쳤다. 눈을 질끈 감고 의자에 앉은 채 창가의 쇠막대를 꽉 잡았다. 손님들은 배가 솟구쳤다가 곤두박질할 때마다 비명을 질렀다.

'괜찮습니다. 저는 30년 경력의 선장입니다. 안심하시고 손잡이를 꽉 잡읍서'라는 방송이 있었지만, 전복의 두려움을 떨쳐낼 수는 없었다. 그러길 십여 분 만에 배는 섬 안의 선착장에 도착했다. 승객들의 뒤를 따라 하선하는데 방파제로 둘러싸인 내항의 물결은 엉너리를 부리듯 살랑이며 일행을 올려다보고 있었다.

비양도는 바람 냄새부터가 달랐다. 비행기에서 보면 마치 소라 껍데기를 뒤집어 놓은 듯한 앙증맞은 섬이어서 꼭 한번 와보고 싶었다. 해안가의 기암괴석들이며 수런거리는 물결

소리가 행인들을 붙들고 아기자기한 이야기를 들려주는 듯했다. 길가의 초등학교를 보자 불현듯 원생들 얼굴이 떠올랐으나, 고개를 흔들며 떨쳐냈다. 해방감을 방해받고 싶지 않았다.

해안을 따라 걸으며 울담에 핀 꽃들과 검은 바위에 부딪히는 물결들을 휴대 전화에 담았다. 그리고 비양봉 오르는 길이라는 팻말을 보며 데크로 이어진 산길을 올랐다. 얼마 오르지 않았는데 금세 다리가 퍽퍽하고 숨이 찼다. 걸음을 멈추고 크게 숨을 내쉬며 생각했다.

'그래도 아직 쓸 만한 몸맨데 이런 부실 체력이라니. 헬스장 회원권 끊어놓고 몇 번 다니지도 못했으니.'

게으른 천성을 자책하면서 등 뒤로 시원한 바람을 느꼈다. 뒤돌아보니 멀리 바다 건너 풍차 있는 아름다운 풍경이 다가왔다. 다시 길을 올라 빼곡한 대나무 숲을 지나니 앞이 환히 뚫리면서 전망대가 나타났다.

먼저 올라온 사람들이 바다를 향하여 탄성을 내지르며 사진을 찍고 있었다. 구름이 떠다니는 파란 하늘 아래 하얀 갓을 쓴 한라산의 의젓한 풍경에 홀릴 만도 했다. 전망대 울타리 바로 옆에 삼각대를 세워놓고 사진을 찍는 벙거지를 쓴 사람이 눈에 들어왔다. 그는 뷰파인더에 눈을 붙이고 연신 다이

놓친 열차는 아름답다

얼을 조작하며 셔터를 눌러댔다. 옆에 놓인 카메라 가방이나 차림새로 봐서 직업적인 사진가라고 생각했다. 사람들의 뒤를 따라 정상에 있는 등대까지 돌고 다시 전망대까지 돌아왔는데 예의 그 사진가는 아직도 카메라에 매달려 있었다. 행인들의 인기척이 거슬렸는지 잠시 얼굴을 돌렸는데 낯이 익었다.

'분명 어디선가 본 인상인데, 잡지나 티브이에 나오는 유명한 사진가인가?'

항구에 이르러 시계를 보니 회항선 도착할 시간이 한 시간 이상 남았다. 배에서 꼬로록 소리가 났다. 배 시간을 맞추느라 아침을 거른 생각이 났다.

마트를 겸한 식당이 보였다. 문 앞에 서 있었던 마음씨 좋게 생긴 아줌마가 이곳은 보말죽이 유명하다고 했다. 파래무침이며 대파 장아찌, 볶은 어묵, 앙증맞은 깅이(게) 반찬을 먼저 가져다 놓았다. 식욕을 느끼며 젓가락질을 하는데 커다란 대접에 가득 담긴 죽이 나왔다. 보말(고둥)을 참기름에 볶아 만들었다는데 맛이 좋았다. 호호 불며 정신없이 먹었지만, 양이 너무 많아 반도 먹기 전에 트림이 나왔다. 다 먹고 나서야 죽이 좀 짜다는 생각이 들었다. 물로 입안을 헹구는데 문이 열리면서 손님이 들어왔다. 가방을 둘러메고 삼각대를 쥔 아

까 그 사진가였다. 그런데 도수 높은 안경을 낀 그의 행동이
부자연스러웠다. 주변을 둘러보며 한참을 서 있다가 조심스
럽게 들어오던 그가 식탁 모서리에 툭 부딪히더니 물끄러미
쳐다보고선 자리에 앉았다. 저런 몸으로 어떻게 사진을 찍을
까? 벙거지와 안경을 벗은 그의 얼굴과 마주친 순간 짧은 탄
성과 함께 '임동윤'이라는 이름이 떠올랐다. 내 눈빛을 느꼈
는지 그는 주머니에서 손수건을 꺼내 안경을 닦으며 시선을
내리깔았다. 안경을 썼으나 임동윤이 분명했다. 나는 놀라움
에 다가갔다.

"임동윤 씨 맞죠?"

그는 안경을 들고 멀뚱히 쳐다볼 뿐 알아보지 못했다.

"그렇습니다만, 제가 시력이 좋지 못합니다."

반가움에 허락도 없이 그의 앞자리에 앉았다.

"어머, 이게 몇 년 만이죠? 저 윤순애에요."

*

사람과 마주 앉은 지 오랜데 여인의 향기가 뇌를 자극했다.
그 여인의 입에서 내 이름이 나왔을 때부터 맥박이 빨라졌다.
그런데 시력이 나빠지면 보상으로 기억력은 더 예민해진다는

놓친 열차는 아름답다

데 아무리 생각해도 윤순애라는 이름은 기억에 없다. 낭패스러웠다. 어색한 표정으로 기억을 더듬는 사이 그녀는 다시 한 사람을 거명했다.

"왜 있잖아요. 은지 친구."

그때 머리를 한 대 맞은 듯 '아! 정은지' 하는 말이 입에서 튀어나왔다. 젊은 시절 가슴에 묻어두고 그립고 아쉬워했던 이름이었다. 한때는 그 모습만 떠올려도 분홍빛 향기가 마음을 헤집어 놓던 아련한 이름이 정은지였다.

"아 그랬군요. 이거 이런 우연도 있군요. 반갑습니다."

손을 내밀어 악수했지만 윤순애라는 이름은 그래도 낯설었다.

"국토순례대행진할 때 수원 원천유원지에 은지랑 놀러 가서 오리배도 태워주고 딸기도 많이 사주고 그랬잖아요?"

그제야 둘만의 오붓한 분위기에 끼어들며 수줍어하던 여학생이 있었다는 걸 기억해 냈다.

은지를 처음 만난 건 군부독재 타도 시위가 한창이던 대학교 3학년 때였다. 그때 여름방학을 이용해 국토순례대행진이라는 이름으로 전국의 대학생들이 10일간 도보 행진하는 행사가 있었다. 참가자가 천 명에 가까워서 군대 조직처럼 20명 단위로 소대를 만들고 중대, 대대, 연대까지 만들었다. 그때 3학년인 내가 관리를 맡은 소대는 서울과 춘천과 경기지역 대학생으로 편성된 외인부대였다. 은지는 춘천에 있는 대학교에 다녔고 순애는 그녀의 친구였다.

일학년인 은지는 처음 보는 순간부터 눈빛이 달랐다. 참가자 사전 모임이 끝나던 날 당돌하게도 밥 사달라고 매달렸다. 소대장은 소대원들을 잘 알아야 할 의무가 있다면서 원천유원지에 놀러 갈 것을 제안했다. 까부는 모습이 맹랑했지만 싫지 않았다.

팔월의 땡볕이 내리쬐는 가운데 간혹 시골길도 걸었지만 대부분 아스팔트의 복사열을 받으며 걷는 힘든 장정이었다. 가끔 소나기가 내려 열 받은 육신을 잠시 적셔주기도 했으나, 그것이 신발을 젖게 해 발이 부르트고 물집을 키우는 역할을 했다. 모자를 벗어들고 내리는 빗방울을 온몸으로 맞이하며 신나서 펄쩍펄쩍 뛰던 은지도 오후에는 걸음이 이상해질 정도로 물집의 포로가 되었다. 시골 어린 학생들의 환영을 받으며 임시 숙소로 정해진 초등학교에 도착하면 조별로 취사를 준비하고 배당된 교실별로 달콤한 휴식 시간이 주어졌다. 환자들은 의무실로 찾아가 치료를 받았다. 달빛 아래서 소대별로 모여 앉아 토론회를 열기도 하고 기타 반주에 맞춰 노래 부르며 피곤을 달래기도 했다. 난 그런 장면들과 그룹들을 촬

놓친 열차는 아름답다

영하느라 우리 소대원과 은지에겐 자연 소홀할 수밖에 없었다. 은지는 그것이 못내 섭섭했는지 눈을 마주쳐도 일부러 외면했다. 그런 갈등에 심신이 지친 은지는 행진 일주일째가 되던 날 끝내 탈진하여 앰뷸런스로 이송되었다.

방학이 끝나고 은지가 여러 번 연락을 했지만 자주 만날 수 없었다. 지역적인 거리감도 있었지만 난 당시 학생회 임원으로서 시위를 주도하는 처지로 경찰에 쫓기는 신세였다. 지금처럼 휴대 전화가 있었던 것도 아니고 인터넷으로 소통할 수 있는 시대도 아니었다. 하숙집 주인아줌마가 간간히 걸려오는 전화 메모를 전달해주긴 했지만, 그것도 하숙집에 있을 때 확인이 가능했다.

주말이면 은지는 청량리역에서 내려 내 하숙집에 먼저 들르곤 했다. 그러나 내가 동아리와 학생회 일로 바빠서 매번 얼굴을 볼 수 없는 게 불만이었다. 청소와 빨래를 해놓고 기다리다 예쁜 선물을 간식과 함께 장문의 편지를 써놓고 가곤 했다. 월요일 아침이면 난 미안한 마음을 담은 답장을 부쳤다.

추적추적 내리는 비가 단풍잎을 흔들던 어느 날 오후, 하숙집에 들렀더니 은지의 메모가 기다리고 있었다. 그날 저녁 6

시에 자주 들렀던 종로 하모니 커피숍으로 나오라는 것이다.

'평일인데 학교는 어떻게 하고. 무슨 일이지?'

그날이 내 생일인 건 은지를 만나고서야 알았다. 회색 털실로 짠 조끼를 선물로 내밀었을 때 고마움과 미안함과 사랑스러움의 복합적인 감정에 사로잡혀 고개를 들지 못했다. 그런 분위기를 은지가 수습했다.

"지금 우는 거야?"

"그래 감동이다."

난 은지의 등을 툭 쳤다.

"아야. 이거 은혜를 원수로 갚네. 처음 짜 본 건데, 우리 아빠는 자기 건 줄 알고 등을 내주면서 기대를 잔뜩 했거든. 임자가 따로 있는 줄 모르고. 호호호. 어디 한번 입어 봐."

주변의 시선도 아랑곳없이 잠바를 벗고 두꺼운 남방 위에 겹쳐 입었는데 조금 여유가 있었다.

"좀 큰가?"

"걱정 마. 잘 먹고 살찔게."

어둠이 깔린 하늘에선 여전히 가랑비가 내리고 있었다. 은지가 노란색 우산을 펴서야 노란 운동화에 하얀 물방울무늬가 있는 노란 원피스로 깔색을 맞추고 있는 것을 알았다. 우산을 들고 은지의 어깨를 살포시 껴안자 그녀의 손이 자연스

놓친 열차는 아름답다

럽게 허리로 왔다. 은지가 잘 안다는 명동의 경양식 집에서
저녁을 먹고 적십자회관 앞을 지나 남산 길을 걸었다.

부슬부슬 비 내리는데도 팔각정 주변에는 먼저 온 연인들
이 벤치를 점령하고 있었다. 빈자리를 찾아 잠바를 벗어 깔아
은지를 앉게 했다.

"안 추워?"

"괜찮아. 은지의 정성을 입었잖아. 여자는 아랫도리를 따뜻
하게 해야 한데."

그 말에 은지는 입을 삐쭉 내밀며 엉덩이를 걸쳤다. 옆자리
에 앉으려고 하자 은지는 '잠깐' 하더니 깔고 앉았던 잠바를
넓게 펼쳤다.

나는 한 손에 우산을 들고 다른 손으로 등을 기대지 못하고
어정쩡하게 앉아 있는 은지의 어깨를 살며시 감싸 안았다. 은
지가 머리를 기대왔다. 맞은편 벤치에 앉은 커플은 우산으로
앞을 가리고 있었다. 나도 들고 있던 우산을 살며시 앞으로
기울였다. 가로등에서 쏟아지는 불빛이 노란 우산에 부서지
며 야릇한 분위기를 만들었다. 어깨를 감았던 손으로 은지의
턱을 드니 눈을 감고 있었다. 그 모습이 너무 아름다워 견딜
수가 없었다. 은지의 입술에 내 입술을 포갰다. 은지는 나지
막하게 짧은 탄성을 내며 부르르 떨더니 상체를 돌려 내 목을

끌어안았다. 첫 키스였다.

*

"축제날 왜 안 오셨어요? 춘천역에서 한참을 기다렸는데."

기억의 서랍 속에서 몇십 년 전 파일이 불쑥 튀어나왔다. 고등학교 때 정은지는 그저 얼굴만 알고 지내던 사이였는데 같은 대학에 입학하고 나서는 제일 친한 친구가 됐다. 나는 국문과에 입학했고 은지는 가정관리과였지만 합격자 발표가 있던 날 춘천 가는 열차 안에서 만나고 나서는 자연스럽게 룸메이트가 됐다. 같은 동아리에 들고 국토순례대행진에도 같이 참가했고, 동윤을 만날 때도 함께 했다. 난 내성적이어서 속마음을 잘 표현하지 못했으나, 은지는 부족한 것 없이 자라선지 거리낌이 없었다.

중간고사가 끝난 날. 처음 맞는 축제여서 은지는 들떠 있었다. 마지막 과목 시험을 치르고 점심도 거른 채 그간 설쳤던 잠을 달콤하게 즐기는데 은지가 흔들어 깨웠다.

"야 이 기집애야. 지금 잠이 오니? 낼이 축젯날인데?"

"아 왜 그래? 나 축제 안 갈 거야."

난 귀찮다는 듯이 잠투정을 하며 이불을 뒤집어썼지만, 그

놓친 열차는 아름답다

걸 가만히 놓아둘 은지가 아니었다. 이내 이불은 내 몸에서 허물처럼 벗겨져 멀리 내동댕이쳐졌다.

"일어나. 파트너 구해주면 되잖아."

그 말에 나는 벌떡 일어나 앉았다.

"동윤 씨 올 거야?"

"당연하지. 친구 데리고 오라고 미리 말해 두었거든. 어서 씻고 전보 때리러 가자."

은지는 틈만 나면 동윤의 이야기를 했다. 그와 만나고 온 일요일 밤은 새벽까지 얘기가 이어졌다. 은지는 편지를 쓸 때 나 선물을 고를 때, 혹은 동윤 때문에 속상한 일이 있을 때면 내게 도움을 청했다. 그래서 은지의 부모가 동윤을 싫어한다 는 것도 알았다. 은지는 변호사 아버지를 둔 유복한 집안의 무남독녀이고, 동윤은 농사꾼 부모를 둔 지방 출신의 가난한 유학생이었다. 게다가 운동권 학생이라는 걸 안 부친이 완강 하게 반대한다는 게 은지의 고민이었다.

"동윤 씨도 알아?"

"그걸 어떻게 말해?"

"하긴 내가 부모라도 말리겠다. 생각해봐. 잘나가는 변호사 가 무엇이 부족해서 시골 가난한 농사꾼의 자식, 그것도 미래가 불투명한 시위 주동자를 사위로 받아 들이겠냐구?"

샘이 나서 염장지르는 소리를 했더니 은지는 '넌 친구도 아
니다'며 울고불고 난리를 쳤었다.

은지는 은밀한 접선처럼 '내일 오후 6시 20분 춘천행 열차
를 타시오'라고 지령문 같은 전보를 보냈다. 아침부터 은지는
목욕탕에 다녀오고, 미장원엘 들려 파마까지 했다. 평상시에
안 하던 화장까지 마치고는 일찌감치 마련한 파티복으로 갈
아입고 나를 굼뜨다고 들들 볶아댔다.

축제를 알리는 각종 현수막과 포스터, 길가 나무에 매달아
놓은 풍선과 형형색색의 데커레이션과 흥겨운 음악 소리로
캠퍼스는 이미 취해 있었다.

기차도착 예정 시간 30분 전에 춘천역에 도착한 은지는 화
장한 얼굴이 불그스레할 정도로 들떠서 마구 말을 뱉어냈다.
그러다 표정이 심각하게 변하며 하는 말에 나는 귀를 의심했
다.

"난 오늘밤 일 저지를 거야. 그 방법밖에 없어."

이제 갓 스물인 계집애의 입에서 나온 말에 어처구니가 없
었다.

"너 정말. 두렵지 않니? 그러다 임신하면 학교는 어떻게 하
려구?"

놓친 열차는 아름답다

"이깟 대학이 문제야? 내 인생 전부가 걸린 일인데."

"그런다고 네 아빠가 허락하실까?"

"안 그러면 독립하는 거지 뭐. 학교 때려치우고 오빠랑 함께 살래. 내가 일 다니면서 취직할 때까지 뒷바라지할 거야."

그때 사랑의 힘이 위대하면서도 무섭다는 걸 알았다.

초조하게 기다리던 기차가 도착했으나 동윤은 끝내 보이지 않았다. 은지의 얼굴은 많이 일그러졌다. 동윤과 함께 나타날 파트너에 대한 기대가 컸기에 내 마음도 아려오며 힘이 쭉 빠져나갔다.

"기차를 놓쳤나 보지, 다음 차를 기다려 보자."

"그땐 축제 다 끝날 시간인데 무슨 소용이야? 일부러 안 온 거야. 오빠 변했어. 편지를 써도 답장도 없고 무슨 말을 해도 심드렁하고 짜증만 내. 순애야 나 어떡하니?"

기어코 은지는 눈물을 쏟아내며 펑펑 울기 시작했다.

"그날 동윤 씨가 왔더라면 은지의 인생도 달라졌을 거예요."

"나 같은 놈 만났으면 평생 고생했을 겁니다. 좋은 사람 만나 잘 지내고 있지요?"

"아직 소식 못 들었군요? ……작년에 세상을 떴어요."

*

　학생회 임원수련회에 참가하고 하숙집에 돌아와 보니 전보
가 놓여 있었다. 가야지. 가서 오늘은 사실을 털어놓고 오해
를 풀어야지. 마음을 졸이며 기다린 날이다. 시간을 확인하니
한 시간이 남아 있었다. 역이 가까운 곳에 있었으므로 버스를
타도 시간에 맞출 수 있으리라 믿었다. 두근거리는 마음으로
부리나케 샤워하고 깨끗한 옷으로 갈아입고 하숙집 문을 나
섰다. 헌데 웬일인지 학교 앞 정류장에 10여 분을 기다려도
버스는 오지 않았다. 파업 때문에 노선버스 운행이 당분간 중
단된다는 대자보를 발견하고서 택시를 찾았으나 승객을 태운
차뿐이었다. 한참을 기다린 후 발견한 택시는 앞에서 불쑥 나
타난 사람에게 빼앗겼다. 그제야 택시를 기다리는 사람이 많
은 것을 알았다. 심장이 초침보다 빠르게 뛰는 것을 느끼며
교통이 번잡한 네거리 길로 내달렸다. 다행히 학교 쪽으로 진
입하는 택시가 있었다.

　"아저씨 청량리역까지 얼마나 걸릴까요?"

　"막히지만 않는다면 10분이면 충분합니다만 퇴근 시간이
라."

　"6시 20분 기차를 타야 하는데 가능할까요?"

　　　　　　　　　　　　놓친 열차는 아름답다

기사는 시간을 확인하더니 빠른 길을 찾아보겠다고 했다. 그리고는 큰길을 놔두고 골목길을 누비며 달렸다. 그제야 친구를 데리고 가기로 한 약속이 생각났지만 어쩔 도리가 없었다. 그런데 택시가 골목길을 돌아 막 큰 도로변으로 나오려는 순간 갑자기 쿵 하는 소리와 함께 차가 흔들렸다. 차창 밖을 보니 중국집 배달통을 실은 오토바이가 쓰러져 있고 저만치 팅겨 나간 청년이 길바닥에 누워 있었다. 기사 아저씨는 시동을 끄고 내리며 화를 냈다.

"임마, 앞을 살피며 달려야지, 많이 다쳤어?"

청년은 대답도 못 하고 간간이 신음만 뱉어냈다. 시계를 보니 10분이 채 안 남았다. 멀리 청량리역사가 보였다. 택시에서 내려 냅다 역을 향하여 달렸다. 택시 기사가 뒤에서 소리를 질렀지만 쫓아오지는 않았다. 사람들 사이를 헤집으며 숨이 턱에 닿도록 달려 역사 입구로 들어섰다. 하지만 개찰구는 닫혀 있고 기차는 서서히 역을 떠나고 있었다. 시간표를 확인하니 다음 열차는 세 시간 뒤에나 있었다. 난 숨을 고르며 생각했다.

'아 운명이구나. 은지와의 인연은 여기까지구나.'

은지가 유복한 집안의 무남독녀라는 사실을 알게 된 건 그녀의 사촌 오빠라는 사람을 만난 후였다. 그가 찾아와 학교 앞 커피숍에서 만났을 때 중소기업 간부의 명함을 내밀었으나 첫눈에 정보계통의 사람인 것을 알았다. 사진을 찍다 보니 인상착의만 봐도 대충 그 사람의 직업을 짐작할 수 있다. 그의 말을 듣고 나서는 사촌 오빠가 아니라 은지 부친의 부탁을 받은 형사거나 기관원일 거라 생각됐다. 그는 나를 보자 웃었다. 초라한 내 행색을 보고 비웃고 있다는 걸 그의 말투와 행동에서 알 수 있었다. 치밀하게 계산하고 내 기를 죽이려는 게 분명했다. 그는 오랜 시간 은지 가족의 환경을 설명했다. 그리고 은지 부친의 선물이라면서 바바리코트 주머니에서 스위스제 시계를 꺼내 탁자 위에 놓았다. 그리고 앞으로 가까이 하지 않았으면 좋겠다는 말을 남기고 사라졌다. 촌놈아 네 분수를 알라는 말이다. 모멸감에 치가 떨리고 분해서 욕이 저절로 나왔다. 그리곤 탁자 위의 시계를 콘크리트 바닥에 내팽개쳐 박살 내고 커피숍을 나왔다. 그날은 분하고 씁쓸해서 낮부터 폭음하며 울었다.

은지와의 거리가 생긴 것은 그때부터였다. 은지는 빈자가 넘겨볼 수 없는 보석 같은 존재로 여겨졌다. 그놈과의 만남을 비밀로 했지만, 열패감까지 걷어낼 순 없었다. 괜히 은지만 보면 짜증이 났다. 그녀의 말에 열중하지도 않았고 월요일마

놓친 열차는 아름답다

다 부치던 편지도 그만두었다. 이러면 안 된다고 생각했으나 은지와 거리를 좁힐 묘안이 생각나지 않았다. 그러다 축제가 기회라고 생각했다.

축제를 펑크 낸 이후론 단단히 삐쳤는지 연락도 오지 않았다. 나도 면목이 없고 변명하고 싶지도 않아 연락하지 않았다. 그러다 시위 도중에 머리를 다쳐 병원 신세를 져야 했는데 연락할 방도가 없었다. 시위대와 분리되어 카메라가 박살 나고 백골단에게 무수히 얻어맞은 후유증으로 오른팔이 저리는 증상까지 생겼다. 의사의 말로는 시간이 흐르면 차차 풀릴 거라며 아령 운동으로 근력을 키우라고 했다. 퇴원 후 휴학을 하고 고향에 내려왔다. 어떻게 소식을 들었는지 한참 후 편지가 왔다. 반갑기도 했으나 글을 쓸 수도 대서해 줄 사람도 없어 답장을 못 했다. 편지를 받을 때마다 어차피 이루지 못할 사랑이라는 생각이 나를 괴롭혔다. 답장이 없어도 눈물이 담긴 편지는 매일 도착했다. 그러길 한 달여, 제풀에 지쳤는지 편지는 끊겼다.

그리고 다시 은지를 본 것은 2년 뒤 졸업식에서였다. 식이 끝나고 교정을 배경으로 후배들과 어울려 사진을 찍는데 조금 떨어진 곳에서 낯익은 시선이 느껴졌다. 은지였다. 그녀는 화사한 옷을 입고 저만치 서서 쓸쓸하게 바라보고 있었다. 후배들이 알아차리고 둘이 찍기를 권유했으나 그녀는 손사래를 치며 응하지 않았다.

졸업생과 가족들로 북적거리는 캠퍼스를 빠져나와 지하철을 타고 하모니 커피숍에 도착할 때까지 그녀는 한마디도 하지 않았다. 보다 붐비는 지하철에서 그녀는 자리에 앉고 나는 조금 떨어져 서 있었기 때문에 대화하기도 마땅치 않았다. 그녀는 지그시 눈을 감고 복잡한 감정들을 정리하는 듯했다. 손잡이에 의지하고 눈을 감자 그녀와의 행복했던 장면들이 파노라마처럼 지나갔다. 어떻게 지냈는지 물어야겠다고 생각하며 눈을 떴는데 그녀의 얼굴에서 눈물 한 줄기가 흘러내렸다. 주머니에서 손수건을 꺼내 그녀에게 건넸다.

그녀는 내가 내민 손수건을 받아들고 접힌 손수건을 펴가며 눈물 자국을 지웠다.

"고마워요."

손수건을 돌려주더니 핸드백에서 분첩을 꺼내 거울을 보며 화장을 고쳤다. '신사는 항상 손수건을 가지고 다녀야 한다' 던 어느 교수의 얼굴이 떠올랐다.

커피를 주문하고 나서야 그녀가 입을 열었다.

"어떤 사람인지 보고 싶었어요,"

놓친 열차는 아름답다

무슨 의미인지 몰라서 그녀의 얼굴만 가만히 바라보았다.

"나를 그렇게 박정하게 대하고, 편지 답장도 없기에 다른 여자가 생긴 줄 알았죠."

머릿속 회로가 분주하게 돌아갔지만 마땅한 대답이 생각나지 않아 씁쓸하게 웃기만 했다. 지난 사연 변명을 하자니 구차스럽고 옹색하게 생각됐다. 울음을 참는 은지의 얼굴이 일그러져 있었다. 갑자기 분위기가 갑갑하게 느껴졌다.

"배고프지 않아? 나가자."

"낮술이나 한잔해요."

우리는 예전에 함께 갔었던 을지로의 높은 빌딩 지하에 있는 생맥주집을 찾아갔다. 낮이었으나 졸업시즌이라 젊은이들로 붐볐다. 유니폼을 입은 알바생이 눈치를 채고 칸막이 있는 구석 자리로 안내했다. 술과 안주를 주문받은 알바생이 돌아가자 나는 은지의 손을 잡으며 말했다.

"미안해. 그리고 축하해 주러 와줘서 고마워."

은지의 표정이 다시 일그러지더니 이내 내 손을 뿌리쳤다.

"지금에야 무슨 소용이야."

기어코 눈물주머니가 터진 듯 눈가에 여러 줄기의 개울을 만들었다. 나는 은지의 옆자리로 가서 다시 손수건을 꺼내 들었다. 그런데 갑자기 내 품에 기대는가 싶더니 고개를 들어

내 입술을 덮쳤다. 생각지도 못한 돌발적인 상황이었지만 난 눈을 감고 그녀의 입술을 받아들였다. 눈물과 콧물이 범벅이었지만 우리의 기나긴 키스는 술과 안주를 들고 온 알바생이 눈치를 주어서야 끝났다.

*

대학 시절 동윤은 패기 넘치는 귀공자였다. 늘씬한 키에 하얀 피부, 서글서글한 눈동자와 자상한 성격에 중저음의 목소리는 첫눈에 은지의 넋을 빼놓을 만했다. 그가 자백했으나 전혀 시골 출신이라는 티가 나지 않았다. 용감한 자가 미인을 얻는다고 은지는 과감하게 대시했다. 그때 내 성격으로는 백 번 죽었다가 깨어나도 그렇게 못했다. 마음에 드는 남자가 먼저 고백을 해도 우선은 뒷걸음치고 보는 성격 때문에 숱한 남자들을 놓쳤다. 잘난 것도 없으면서 그렇게 뻐기다가 혼기를 놓치고 집안의 강요로 맞선 본 남자와 한 달 만에 결혼했다. 고르다 보니 외눈박이라고 하필 사기꾼한테 걸려서 모진 고생했다. 첫인상이 낯이 익다고 생각했는데 겉모습이나 하얀 피부와 중저음의 목소리까지 동윤을 닮았다는 것을 나중에야 깨달았다.

놓친 열차는 아름답다

나는 은지를 통해 동윤에 대한 많은 것을 알게 되면서 그를 사모하게 됐다. 만나진 못 하지만 은지의 편지 답장 대필을 통해서 내 마음을 전했다. 은지가 부러웠다. 동윤이 바람둥이 같다고 투정부릴 때도, 너무 무심하고 냉정한 인간이라고 욕하는 장단에 맞추며 동윤을 흉보면서도 마음 한편에선 쾌감이 일었다. 그렇게 내 첫사랑은 짝사랑으로부터 시작되었고 질시만이 내가 할 수 있는 전부였다.

그날 우리는 비참한 패잔병처럼 공지천변의 카페에 물색없이 죽치고 앉아 있었다. 생맥주를 시켜 놓았으나 은지는 울기만 할 뿐 한 모금도 마시지 않았다. 달래다 지친 내가 화장실에 가느라고 잠시 자리를 비웠는데, 돌아와 보니 웬 ROTC 교복을 입은 학생이 은지 옆에 앉아 있었다. 그는 S대 공대에 다닌다고 했고 축제에 참여하러 왔는데 바람을 맞은 신세라는 것이다. 은지는 금세 마음이 풀려 화장실로 가더니 퉁퉁 부은 얼굴을 고치고 나왔다. 분위기는 바뀌었다. 조금 전까지 울고불고 난리를 쳤던 은지는 간 곳 없고 우습지도 않은 농담에도 깔깔거리며 그에게 빠져들었다. 마지막 기차 도착 시간이 다 되었는데도 은지는 자리에서 일어날 생각을 하지 않았다.

"그런 새끼 필요 없어. 너나 가져."

그들을 두고 혼자 역으로 갔다. 날씨가 찼으나 동윤이 올 것이라는 확신을 가지고 옷깃을 여미며 기다렸다. 한참 후, 긴 트림을 하며 기차는 도착했고 이내 개찰구를 통하여 승객들이 나왔다. 그러나 몇 되지 않은 사람들 속에서 그를 찾을 수 없었다. 출입문이 닫히자 나도 모르게 한숨이 나왔다. 공지천을 거슬러 온 강바람이 시린 마음을 마구 헤집었으나 어떤 회열 같은 게 스멀스멀 기어 올라와 마음을 평정했다. 카페로 돌아왔는데 둘의 모습은 보이지 않았다.

그날 열차를 타고 동윤이 나타났더라면 은지만이 아니라 여러 사람 인생이 바뀌었을 것이다. 그게 마지막이었다. 그 이후 동윤에 대해 어떤 소식도 들을 수 없었고, 친구와의 의리 아니 내 성격상 수소문하거나 찾아다니지도 못했다.

그런데 이게 무슨 인연인가? 숱한 세월이 흐른 뒤 여행지에서 오래된 추억을 만나다니?

세월이 그를 성숙시켰다기보다 온전치 못한 시력이 그를 억누르는 것 같았다. 말수도 줄었고 표정은 매우 어두웠다. 배를 타고 내릴 때는 부축을 해야 했고 시야를 충분히 확보하지 못한 그는 자그만 돌부리에도 채여 뒤뚱거렸다.

"날씨가 밝은 날은 그래도 좀 나은데 어두운 곳에선 영……."

쓰러지려는 몸을 부축하자 그가 변명처럼 내뱉었다.

렌트한 차에 그를 태우고 해안가를 따라 시내로 들어오는 길이었다. 눈을 감고 음악을 감상하는 줄 알았는데 그의 안경 밑으로 눈물 줄기가 보였다. 난 모른 척하며 바다를 바라봤다. 눈부신 햇살을 받은 물빛이 환상적이었다. 바다는 한 가지 색이 아니었다. 같은 햇빛을 받으면서도 어떤 곳은 파랗고, 어떤 곳은 검었고, 어떤 곳은 에메랄드빛으로 반짝거렸다. 탄성이 절로 나왔다.

"와, 예술 그 자체네요?"

의자에 기댔던 동윤이 슬며시 눈가를 훔치더니 몸을 앞으로 당기며 설명했다.

"환상적이죠? 햇빛은 바다 내부를 관통하죠. 저기 파란 것은 모래가 있는 곳이고, 검은 곳은 암석이 있는 곳이죠. 사람의 삶도 그래요. 같은 세상을 살아도 빛깔이 다 다르잖아요. 그래서 바다는 많은 영감을 주죠."

돌아오는 길에 모래가 있는 해변에 들리자고 했다. 겨울이지만 스산한 정경이 아주 좋다고 했다. 차를 세우자 그는 카메라를 들고 모래톱으로 갔다. 나는 벤치가 놓여 있는 언덕에 올라 바다를 내려다보았다. 해변에는 갈매기를 향해 먹이를 공중에 던지며 사진을 찍는 관광객들의 소리가 날아다니고 있었다. 그는 무릎을 굽혀 카메라 앵글을 맞추고 그 광경을 멀리서 찍었다.

바람은 그렇게 차지 않았다. 바다를 바라보고 있노라니 갑자기 옛 생각이 났다. 그 웬수가 다이아 반지를 내밀며 프러포즈한 것이 인천 강화도의 해변이었다. 죽도록 행복하게 해주겠노라며 뺀질거리며 웃는 모습이 떠올랐다. 하지만 그가 노름으로 가산을 탕진하고 결국 싸움에 휘말려 죽고 나서야, 두 번이나 혼인했던 이력을 알았다. 그것이 임신 5개월이 지나서였는데 그래도 출산을 해야 한다는 엄마와 이모의 권유를 뿌리치고 위험을 감수하면서까지 낙태를 시켰다. 그리고서 겪게 된 산후 후유증과 온갖 심적 압박 때문에 한동안 남자는 쳐다보지 않고 살았다. 진저리를 치며 생각을 지우는데 카메라 셔터 소리가 들렸다. 동윤이 가까이에서 내 모습을 찍고 있었다. 손을 들고 웃음으로 포즈를 취하자 계속해서 셔터를 눌러댔다. 카메라를 가방에 넣으며 동윤이 말했다.

"은지를 오래전 동아리 송년회에서 봤어요. 그때는 참 좋아 보이던데. 남편인 듯한 사람과 함께 있어서 말은 못 하고 눈인사만 했어요."

그는 아직도 은지를 생각하는 걸까?

"은지는 남편을 따라 미국으로 갔어요. 그때 축젯날 우연히

　　　　　　　　　　　놓친 열차는 아름답다

만난 사람과 연애하다 결혼했지요. 헌데 암에 걸려 10여 년
만에 귀국했어요. 용하다는 의사를 찾아 수술하곤 다 나은 줄
알았죠. 그래 감사하는 마음으로 봉사하며 살자고 장애인복
지원을 운영했어요."

그 말을 하고 동윤을 보다 퍼뜩, 동윤과 은지는 전생에 무
슨 인연이 있는 게 아닐까 하는 생각이 들었다. 동윤은 카메
라 가방을 사이에 두고 나란히 앉아 멀리 수평선을 응시했다.

"이런 물 맑고 공기 좋은 곳에 살았으면 병도 안 걸리고 오
래 살았을 텐데."

대답이 없다.

"이런 곳에서 반려자와 함께 여생을 보낼 수 있다면 얼마나
좋을까?"

넋두리처럼 말을 했으나 그는 면벽한 보살처럼 눈을 가늘
게 뜨고 깊은 화두에 빠진 듯했다. '아, 내가 무슨 말을 했
지?' 쓸데없는 소리를 했다고 자책하는데 그가 생뚱맞은 화
답을 했다.

"'자신에게 위기가 닥쳤을 때 누군가는 도망가고 누군가는
남는다.' 여인의 향기란 영화에서 알파치노가 한 말이죠."

난 그 말의 의미를 몰라서 화제를 돌렸다.

"자식은 몇이나 두셨어요?"

"사진에 미치다 보니 가정을 돌보지 못했어요. 친분이 있던 디자이너의 제자들 의상발표회에서 사진을 찍다 만나 결혼했죠. 그 후로 난 그녀의 전속 기사가 됐고 한때 잘나갔죠. 그렇게 잘나가게 되니 욕심을 내더라고요. 딸애가 초등학교를 마치자 제 언니 있는 미국으로 갔어요. 애 교육이 핑계였지만 본 바닥에 가서 디자인 공부를 하고 싶었던 거죠. 다 이해해요. 아내는 꽤 재능이 있었으니까. 그게 젊음의 특권이죠."

"함께 가지 그랬어요?"

"그땐 내 일이 있었고 카메라 하나 달랑 들고 말도 통하지 않은 외국에 건너가서 적응한다는 게 두렵더군요. 안존한 환경을 버리기가 그리 쉽나요? 조명을 받는 사람이 있다면 뜨거운 열 받으며 조명을 비추는 사람도 있어야 하잖아요."

그의 얼굴에 처음으로 희열이 번지는 것을 보았다. 설핏 젊은 시절 아름다운 모습이 되살아났다.

"애는 많이 컸겠어요?"

"딸도 의상 디자인을 전공했어요, 어렸을 땐 방학 때마다 왔는데 철이 드니 바쁜가 봐요. 대학 졸업 발표회 준비에 취직도 해야 할 거구. 전화는 가끔 와요. 난 지금 우리 줄리의 졸업 선물을 준비하는 중이죠. 멋진 앨범을 만들어 보낼 거예요."

놓친 열차는 아름답다

그의 표정이 도로 어두워지는 것을 보고, 가끔 오던 전화도 끊긴 지 오래됐을 거라는 생각이 들었다.

*

오랜만에 가슴이 따뜻해짐을 느꼈다. 아주 오래된 친구를 만난 기분. 속을 털어놓고 무슨 말을 해도 이해해 줄 것 같은 품이 꽤 넉넉한 여자 같다. 이런 친구가 이웃에 있다면 얼마나 좋을까?

그녀는 저녁을 먹고 노래 부르러 가자고 했다. 노래방은 명도가 낮아 사물의 윤곽만 겨우 확인할 수 있는 정도였다. 그녀는 첫 곡으로 이선희의 '인연'을 불렀다. 노래가 시작되자 조명이 꺼지고 모니터의 강렬한 빛과 소리가 어지럽게 실내를 휘감았다. 나는 눈을 감고 노래를 음미했다. 그런데 갑자기 소름이 돋으며 짠한 기운이 몰려왔다.

'운명이라고 하죠. 거부할 수가 없죠, 내 생애 이처럼 아름다운 날 또다시 올 수 있을까요'

그 대목을 듣는 순간 기어코 눈물이 흘러내렸다. 주책맞다고 생각하며 얼른 소매로 눈물을 훔쳤다. 다행히 순애는 노래에 심취해 있었다. 노래를 마치자 실내는 다시 환해졌고 내

순서라며 노래를 청했다. 나는 쭈뼛거리며 말했다.

"……아는 노래가 없어요."

그제야 그녀가 눈치를 챘다.

"앗, 죄송해요. 내 생각만 했군요."

"가사를 아는 옛 노래가 있긴 하지만 부를 기분이 아니군요."

그녀는 분위기를 바꾸려는 듯 가방 속에서 휴대폰을 꺼내 몇 장의 사진을 보여 주었다.

"이게 은지가 설립한 광명원이에요. 농아와 맹아를 위탁받아 운영하고 있어요. 지금은 내가 원장이죠."

그녀가 내민 휴대 전화를 받아 손가락으로 넘기면서 여러 장의 사진을 봤다. 밝은 아이들의 모습이 희미하게 보였다.

"이 아이들과 함께하고 싶다면 오세요. 제가 지켜 드릴게요."

순간 가슴이 철렁했다. 내가 잘못 들었나? 휴대 전화에서 눈을 떼고 그녀를 바라보았다. 그녀는 배시시 웃으며 용기 있게 말을 이었다.

"외로운 사람끼리 의지하고 벗하며 살아요. 저 예전에 많이 좋아했어요. 은지 답장 내가 쓴 거 모르셨죠?"

심장 박동이 빨라지면서 머릿속이 하얘졌다. 마땅한 대답

놓친 열차는 아름답다

이 떠오르지 않아 우두망찰 앉아 있을 뿐인데 그녀는 무안했
는지 일어섰다.

"제가 너무 무례했다면 용서하세요. 이제 나갈까요?"

그녀는 나를 외면하며 가방을 챙겼다. 난 손을 뻗어 그녀의
손을 마주 잡았다.

"물 맑고 공기 좋은 곳에서 살고 싶다고 했죠? 오세요. 환
영합니다. 아 참 아까 노래 괜찮던데 한 번만 더 불러 줄 수
있겠소?"

노래 부르는 그녀의 표정을 가까이서 보고 싶었으나 다리
가 풀려 일어설 수 없었다.

'고달픈 길에 당신은 선물인걸. 이 사랑 녹슬지 않도록 늘
닦아 비출게요.'

인연은 따로 있었나 보다. 먼길 돌아서 그녀가 왔다. 동행
이 있다면 어떤 여행도 외롭지 않으리라. 눈앞이 점점 환해지
는 것 같았다. ✱

느티나무 꽃

　살면서 우리는 선택의 기로에 설 때가 종종 있다. 그 선택에 의해 울기도 하고 웃기도 한다. 그러나 기뻐하거나 노여워하지 마라. 그게 운명이고 인생이다.

　교정엔 바람들만이 앙상한 나뭇가지 사이를 숨바꼭질하며 노닐고 있었다. 30년을 아이들과 부대끼며 살았던 생활도 이제 마지막이라 생각하니 홀가분하기도 했지만, 막상 학교 정문에 서서 텅 빈 운동장을 뒤돌아보았을 때 눈물이 왈칵 쏟아졌다. 배웅해주는 사람 하나 없이 이렇게 끝나는 구나.

　교무실의 사물을 정리하고 막 집에 도착했을 때 스마트폰

의 경쾌한 음악이 울렸다. 모르는 번호였다. 또 보험 가입권
유 전화겠거니 생각하고 무시하며 물건들을 정리하는데, 잠
시 후 문자가 왔음을 알리는 소리가 들렸다. 확인하기도 귀찮
아 전화기를 소파 위에 던져버렸다.

남편은 연금 상한액을 받을 수 있게 몇 년 더 하라고 했지
만, 마음을 정하고 나니 쳇바퀴 돌 듯하는 생활에 진절머리가
났다.

남들에게는 자유로운 영혼 어쩌구 하면서 여행이나 하며
살지 했지만 마음이 공허해지는 것은 어쩔 수 없었다. 그저
틀 안에 갇힌 생활에서 벗어나면 어떤 일이든 생기겠지 하는
막연한 기대. 하지만 곧 불안이 엄습해 왔다. 정해진 시간표
대로 생활하던 습관이 몸에 밴 터인데 막상 매일 매일이 방학
이다 생각하니 이 많은 자유를 어떻게 주체할까 싶었다. 명퇴
신청을 해놓고 두 달여를 제2막의 삶 계획에 몰두했다.

우선 떠나자. 사람들의 기억 속에서 멀어지고 싶었다. 그래
서 배낭을 메고 프랑스 쌩장에서 스페인 산티아고 800km를
완주할 계획을 세우고 항공권도 예매했다. 준비작업으로 지
난 겨울방학 동안 매서운 칼바람을 맞으며 제주 올레길도 완
주했고 인터넷을 뒤져 여행 정보도 수집해 놓았다.

과감하게 명퇴를 신청하려 했을 때 친구들은 말렸다.

"정선애. 너 잘 생각해. 말년에 여자는 돈, 친구가 있어야 하는데 너 경제적 여유는 있겠지만 같이 놀아줄 친구 있어?"

그때는 호기 있게 대꾸했다.

"너희들은 부지런히 일이나 해. 여행지에서 너희들에게 편지도 쓰고, 돌아와서 재미있는 얘기도 해줄게. 혹시 알아? 근사한 남자를 만나 로맨스를 즐길지."

"꿈도 아무지다. 아직도 이팔청춘인 줄 알아?"

말은 그렇게 했지만 50대 중반이 되도록 아직 혼자서 여행해 본 경험도 없었다. 허나 보아라. 내 자유로운 인생 2막을 너희들은 부러워하게 될 것이다.

사실 명퇴를 결정한 건 그런 자유를 누리기 위함이 아니었다. 남들에게는 그렇게 말했지만 삼년 전 그 일이 있고 나서는 실연당한 여인처럼 모든 게 허물어져버렸고 의욕도 잃었다.

그때까진 매년 새롭게 만나는 학생들에게 애정을 가지고 누구보다 열성적으로 가르쳐 왔다고 자부했다. 미래를 살아갈 그들이 아름다운 꿈을 성취할 수 있도록 난 할 수 있는 한 최선을 다했다. 그래서 제법 인기도 있었고 신년이 되면 집으로 찾아오는 중년이 된 제자들도 많았다. 동기들 누구보다 먼저 교감, 교장이 되고 정년까지 순탄한 길을 걸을 것을 의심하는 사람이 없었다.

그런데 인생은 한 치 앞도 알 수 없다는 말이 진리임을 알았다. 그래서 누군가 현대는 상식이 통하지 않는 불가해하며 부조리한 사회라고 했구나.

예전처럼 학생들도 한결같지 않았다. 자라온 환경이 다르고, 꿈들이 다르고 부모들의 기대가치가 다르다. 개성들이 강해서 마음속 생각을 거침없이 표현하고, 교사의 가르침에 순응하기를 거부하는 학생이 많아졌다. 무엇보다 학부모들의 자기 자식에 대한 맹목적인 과잉보호와 이기적인 간섭이 도를 넘어선 지 오래다. 그런 교육에 대한 애정이 점차로 식어 가고 있다고 느낄 때쯤, 박연주라는 학생을 만났다.

지도하기 힘들다는 중학교 2학년이었다. 그전 담임 맡았던 선생으로부터 지각도 많고, 손버릇도 좋지 않으니 참고하라는 아이였다.

가정환경조사서를 보니 건축업 하는 아버지가 있는데, 어머니 란이 비어 있었다. 전 담임한테 물었더니, 어머니가 있긴 한데 계모라고 했다. 사춘기를 겪는 아이 중 가정 결손이 있는 경우 사고를 치는 경우가 많았다.

박연주도 그런 학생이었다. 그가 매일 지각하고 학교에서 잠만 자는 이유는 현실에 대한 반항, 질풍노도의 세대였기 때문만은 아니었다. 유흥비를 마련하기 위해 찜질방에서 일했다. 그런 아이일수록 애정을 가지고 지도를 해 온 게 내 교육관이었다. 일주일에 한 번은 꼭 상담실로 불러 초콜릿이나 사탕 등을 주며 상담을 했지만, 그는 쓴 약 먹는 것처럼 찡그릴 뿐이었다. 아침 자율학습에 지각하고 조회 시간에 잠만 자는 연주에게 다가가 '피곤하지? 청춘을 너무 즐기는 거 아냐?' 혹은 '그만 선생님 용서하고 일어나' '꿈속에서 누구 만나니?' 하면 애들이 까르르 웃었다. 착 가라앉은 아침 교실 분위기를 깨려고 나름대로 생각해 낸 유머였다.

그러던 어느 날 학급에 도난 사건이 일어났다. 수학여행비 가지고 온 학생이 체육시간에 분실했다는 것이다. 학생부 선생님들과 복도의 cctv를 풀어본 결과 범인은 박연주로 결론이 났다. 학생부에서 처리하겠다는 것을 내가 설득해서 자수하도록 할 테니 학생들에게는 비밀로 해달라고 하고선 박연주를 상담실로 불렀다.

내가 몇 마디 하기도 전에 박연주는 대뜸 대들었다.

"선생님. 나한테 관심 끊으란 말이에요. 조회 시간마다 다가와 하는 말, 그거 날 놀리는 거잖아요?"

느티나무 꽃

"이 녀석이 오냐 오냐 해 주니까……."

순간 나도 모르게 옆에 있던 잣대로 연주의 팔뚝을 내려쳤다. 내 진심을 몰라준 서운함과 배신감 같은 것이 일순 분노로 바뀌어버린 것이었다. 그리고 무의식중에 내 입에서 '도둑년' 소리가 나왔다.

그것이 cctv에 녹화되는 줄 몰랐다. 경찰에 불려갔는데 폭력에 성추행 혐의까지 덧붙여 있었다. 연주의 몸에서 이상한 냄새가 나는 것 같아 속옷은 자주 갈아입느냐며 잣대로 치마를 들추었는데, 교실을 박차고 나간 연주가 곧장 경찰서로 달려갔다. 경찰서에서 경위를 조사받는데, 연주의 어머니란 사람이 자기 딸을 도둑년 취급했다고 내 머리채를 잡고 소란을 피웠다.

이런 일들이 언론을 타자 교육청에서 시말서를 받아갔다. 남편은 합의금으로 거금을 물어줬고, 박연주는 서울로 전학 갔다.

인생을 헛살았구나 하는 생각에 분하고 억울해서 불면의 밤을 보냈지만, 덕분에 인생 공부를 한 시간이었다.

결국, 난 그 사건으로 3개월 감봉 징계를 받았고, 교감 후보자 연수대상에서도 제외되었다.

그때 그만두려고 했는데 그러면 불명예 퇴진이라는 오명을 쓴다고 주변에서 말리는 바람에 용케 2년을 버티어 왔다. 그런데 하필이면 작년 2학기에 동갑내기가 교감으로 부임하면서 다 나았던 생채기가 대상포진처럼 마음을 들쑤셔 견디기 힘들었다. 웃음을 머금은 교감의 표정과 배려하는 듯한 태도는 나를 비웃는 것만 같았다. 아이들에 대한 애정도 교육에 대한 열정도 식었다. 학부모와 동료 교사들의 시선도 날이 갈수록 부담스러웠다. 그래 내 역할은 여기까지야. 더 늦기 전에 새로운 인생을 살자.

소파에 둔 휴대 전화가 다시 울렸다. 귀찮아 무시하려는데 신문을 보던 남편이 '왜 전화 안 받느냐, 내 앞에서 못 받을 전화냐'고 놀리는 바람에 전화기를 열고 퉁명스럽게 응답하니 의외로 반가운 사람이 기다리고 있었다.

"선생님, 저 경범입니다. 기억하시겠어요?"

"경범이? 조경범 말이지?"

"예. 그간 연락 못 드려 죄송합니다."

"내가 어찌 당신을 잊겠어?"

하며 슬쩍 남편 눈치를 보니 관심 없는 척 시선은 신문에 두고 있으나 감각의 안테나는 온통 통화내용을 빨아들이고 있었다. 일부러 자리를 옮기자 남편 시선도 따라왔다.

느티나무 꽃

"선생님 소식 전해 들었습니다. 그래서 부탁드릴 말씀도 있고 바람이라도 쐬일 겸 한 번 나오세요. 문자 보셨지요? 결례인 줄 알지만 제가 급해서 일방적으로 항공권도 구입해 놓았습니다. 선생님이 꼭 도와주셔야겠습니다."

"내가 무슨 힘이 있다고. 무슨 일인데?"

"전화로 말씀드릴 사항은 아니구요. 내일 저랑 데이트 한 번 해요."

"데이트? 나야 좋지."

통화가 끝나자 남편은 신문을 뒤적이며 심드렁으로 위장한 가시 박힌 목소리를 던졌다.

"누구야? 남잔데?"

"그럼. 난 젊은 남자와 데이트 좀 하면 안 돼? 이제 자유를 만끽할 거야. 내일 서울서 만나자고 비행기 티켓 보내왔거든?"

"좋겠다. 잘 해봐."

남편은 내 시선도 외면한 채 신문지를 홱 내던지고 자리를 떴다. 그런 찌질이를 붙잡고 조경범이 어쩌구 하기가 싫었다.

우수가 지난 날씨지만 공항 게이트를 나서자 시골 사람 검문이라도 하듯 바람이 매섭게 옷 속을 파고들었다. 굴뚝에서 나온 연기가 불어온 바람에 호들갑 떨 듯, 사람들은 옷맵시를 단속하며 종종걸음으로 흩어졌다.

만나기로 한 2번 게이트 앞에 서서 한참을 둘러보아도 경범이는 보이지 않았다. 휴대 전화를 꺼내 비행기 탑승 모드를 해제하니 부재중 전화와 문자 메시지가 여러 번 찍혀 있었다. 오는 도중 접촉사고 처리로 다소 늦어진다며 잠시 기다리라는 내용이었다.

대합실로 다시 들어가 의자에 앉으니 그제야 스멀스멀 피곤이 피어올랐다. 비행기 안에서도 경범이가 어떻게 변했을까 하는 기대감과 오랜만에 맛보는 여행의 설렘에 눈은 감았으나 잠은 오지 않았다.

남편은 뜬금없는 혼자만의 여행이 끝내 못마땅했는지 공항까지 태워 달라는 말에 대답도 없이 아침 일찍 츄리닝 바람으로 나가버렸다.

'에그 좀쌀. 오랜만의 외출인데 그만도 못 해 줘?'

이런저런 생각에 간밤 잠도 설치고, 아침 일찍 일어나 푸석한 얼굴 마사지도 하고 이웃 저웃 뒤적이다가 허둥지둥 가방하나만 들고 나왔는데, 휴대 전화를 놓고 나온 사실을 공항 부근에 가서야 알았다. 택시를 돌려 집에 들르는 바람에 가까스로 탑승 시간에 맞춘 황당한 일도 겪은 터였다.

교단에 선 첫 학교가 물메중학교였다. 인천에 있는 사범대학에서 국어교육을 전공하고 경기도에서 순위 고사라는 걸 봤다. 합격은 했으나 3월 초 공립학교 발령이 나지 않았다. 그런데 시골 사립 중학교에서 신병을 확보했으니 근무하지 않겠냐는 통지가 왔다. 경기도 교육청에서는 9월이 되면 발령이 날 수도 있다고 했으나, 그때까지 일없이 놀기도 그렇고 경험도 쌓을 겸 1년만 근무하기로 하고 물메골로 갔다.

당시에는 마장동 시외버스 터미널에서 버스를 타고 비포장 도로를 구불구불 엉덩방아를 찧으며 1시간 30분을 달려야 도착할 수 있는 곳이었다. 산모퉁이를 여럿 지나고서 냇가를 마주한 곳에 물메중학교는 자리하고 있었다. 학년에 두 학급 씩 6개 학급이었지만 학교 역사는 내 나이보다 많은 곳이었다.

물메는 이름처럼 경치 좋고 냇가 주변이 평평하여서 여름이면 물놀이 행락객들이 넘쳐나는 곳이었다. 사립학교인지라 설립자가 교장을 겸하고 사모님이 이사장, 교장 동생이 서무과장, 그리고 며느리가 영어 선생이었다. 수학을 담당하는 교감까지 교사는 9명이었다.

사정이 이러니 나는 국어와 병치 과목으로 음악까지 담당

해야 했다.

햇병아리 교사였지만 동네에서 제일 인기 좋은 처녀 선생이었다. 내가 부임한다는 사실을 어떻게 알았는지 학교에 도착하자마자 그 마을에서 제일 부자인 한 씨 집에서 문간 옆에 새로 지은 양옥집을 무료로 제공하겠다 했다.

집도 깨끗하고 수더분한 집주인 아줌마가 마음에 들어 한 달을 사는데 이상한 소문이 들렸다. 서울에서 사업하는 셋째 아들 며느릿감을 마련했다는 것이었다.

그로부터 난 월세를 물고 살았다. 이사장님은 이사장님대로 내가 마음이 들었는지 특별한 음식을 해놓고는 사택으로 부르기 일쑤였다.

그중에 제일 관심을 가지고 챙겨주는 사람은 체육을 담당하는 김윤일 선생이었다. 그가 총각이라는 말에 친근감을 느꼈지만, 이사장님은 이 작은 마을에서는 자그마한 일에도 소문이 확 퍼지니 김 선생과는 같이 다니지 말라는 엄명까지 내렸다. 그러나 난 어느 누구에게도 관심이 없었다. 여기서 눌러 앉게 되면 평생을 시골구석에 살아야 한다는 생각이 끔직도 했지만 이미 내게는 사랑하는 남자가 있었기 때문이었다.

저녁을 먹고 냇가라도 산보 하려 치면 어디서 나타났는지,

느티나무 꽃

학생들 서너 명이 따라붙곤 했다. 그때 단골 동행자가 조경범이었다. 경범이는 내가 담임을 맡은 3학년 학생으로 체격도 준수하고 시골 아이답지 않게 얼굴까지 매끈하게 생긴 아이였다. 유독 말수가 적었고 수줍음을 많이 탔지만, 자존심이 강하고 속이 깊은 늘품 있는 사내였다. 그런 카리스마 때문인지 여학생들한테 인기가 좋아 학생 회장에도 뽑혔다. 그런데 그의 얼굴은 늘 어두웠다.

마을 초입에 살았는데 그 어두움의 실체가 부모 없이 무녀인 할머니와 둘이 사는 외로움 때문이라는 걸 김 선생이 알려주었다.

수업은 교실에 한정하지 않았다. 아이들이 많지 않아서 볕 좋은 날은 야외 느티나무 아래나, 등나무 올린 임간 교실에서 수업했다. 황순원의 '소나기'를 가르칠 때는 개울가에 앉아 물에 발 담그고 실감 나게 공부하기도 했다. 면 소재지이긴 했으나 아이들의 집은 산 중턱에도 있었고, 자전거를 타고 한 시간을 등·하교하는 학생도 있었다.

당시에는 담임이 학생들의 가정 방문을 다니는게 의무였다. 집을 찾느라 애를 먹기도 했지만, 먼길 찾아갔는데 부모를 만나지 못하고 허탕 치는 일이 더 많았다. 나중에 안 사실이지만 가정 방문 계획이 통지되면 담임을 만나기 부담스러워 학부모가 일부러 집을 비우기도 했다. 선생님이 오시는데 대접할 게 마땅치 않아서였다. 어떤 곳에선 귀한 달걀 하나를 내밀기도 했다. 사양하면 서운해 할까 봐 몇 번 손사래치다 못 이기는 척 받아 오기도 했다.

경범이네 집은 할머니가 굿하러 나가면 장기간 외지에서 기거하기 때문에 경범이 혼자 생활할 때가 많다고 했다. 하루는 경범 할머니가 내 얼굴을 뚫어지라 보더니 높은 자리에 오를 귀한 상이라고 했다.

"갱뱀인 부모가 없는 게 아니에요. 어릴 적 내외가 헤어지는 바람에 내가 맡아 기르게 되었다우. 애비는 서울서 사업을 하는데 매달 갱뱀이 용돈이랑 생활비는 꼬박꼬박 부처와요."

할머니는 내가 독공(篤恭)하게 보였는지 살갑게 말을 이었다.

"우리 갱뱀이 돈도 많이 벌고 크게 될 관상이에요. 헌데 나가 늙고 자주 아파서 당장이라도 죽게 되면……."

할머니는 늙은 게 서러운지 옷고름으로 눈가를 찍었다.

"경범인 다 컸어요, 통솔력도 있고 사려가 깊어요. 할머니도 경범이 출세하는 것 보려면 힘내서 오래 사셔야죠."

그날 이후로 나는 가끔 경범이를 자취방으로 불러 음악도

　　　　　　　　　　　　　　느티나무 꽃

들려주고, 커피도 마시게 했다. 개울가를 걸으며 대학 시절의 이야기를 들려주었고, 서울 다녀올 때면 학용품이며 선물도 사다 주었다. 그러나 경범인 좀처럼 자신의 속마음을 말하는 법이 없었다. 사람들이 경범과 나 사이를 의심하며 수근댄다는 건 한참 후에야 알았다. 그땐 초임이라 편애가 다른 학생들을 스트레스 받게 한다는 걸 몰랐다.

어느 날은 김윤일 선생이 나를 교무실 밖으로 불러냈다.

"정 선생님. 경범이와 연애하세요? 교단 선배니까 한 말씀 드리겠는데요. 마을에 별의별 추한 소문이 다 났어요."

연애? 그렇구나. 동정과 연민에 대한 행동이 남들 눈에는 이성 간의 연애로 보이겠구나. 어쩐지 요즘 학급 아이들의 시선이 시큰둥하더라니. 옆 반 민정이가 장기 결석하는 이유도 바로 나 때문이라는 걸 김 선생은 말해 주었다. 내가 부임하기 전부터 둘이는 서로 좋아하는 관계였다는 것도 그때 알았다.

난 경범이를 불러 알아듣게 애기하고는 서로 행동에 조심하자고 했다. 경범이는 말뜻을 금세 알아차렸는지 내 주변을 일부러 피해 다녔다.

언젠가 꿈에 대해 수업을 한 적이 있었다. 꿈은 꾸는 사람

만이 이룰 수 있으니 원하는 것을 생각해 보고 적어내게 했는데 경범이는 엔지니어라고 했다.

어느 날 수업 시간에 한 외국 작가의 소설을 이야기했다. 시골에서 자란 두 학생이 20년 후 다시 만나자고 약속하면서 헤어졌는데, 나중에 한 사람은 형사로 한 사람은 범죄자로 만나게 된다는 내용이었다.

그러자 시골 학생답지 않게 제 생각을 잘 표현하는 영숙이가 손을 들고 벌떡 일어섰다.

"우리도 만나요. 선생님."

아이들은 손뼉 치며 동의를 했다.

"20년은 너무 길어요. 10년 후에 봐요."

"그래. 그때 누구는 애 엄마가 되어 있을 거고, 누구는 용감한 군인이 되어 있겠지. 너희들이 변한 모습을 보고 싶구나. 어디에 있건 다 올 수 있는 거지?"

아이들은 자신 있다는 듯 '예' 하고 대답했다.

"대호는 마을에 있을 거예요. 아버지가 고등학교 가지 말고 농사지으라 했대요."

아이들이 까르르 웃자 대호가 주먹을 쥐고 태규의 옆구리를 콱 쳤다.

"나도 고등학교 갈 거야 임마."

느티나무 꽃

"언제 어디서 만나요?"

아이들은 귀를 쫑긋 세우고 나를 주시했다.

"음, 언제가 좋을까? 그래 직장을 가진 애들이나 멀리 있는 애들도 오기 쉽게 공휴일로 정하자."

"그럼. 3월 1일이요. 모두 노는 날이잖아요?"

영숙이가 날짜를 정했다.

"그래, 10년 후. 정확히 1990년 3월 1일. 12시에 여기 느티나무 아래서 만나자."

아이들은 '좋아요, 안 나오는 놈들은 죽어.' 하며 꼭 기억하겠다는 듯이 책이며 공책에다 적었다.

그렇게 내 초임 시절은 많은 추억을 남기며 흘렀다. 연말이 되어 고등학교 진학 시험이 있었다. 학급 아이들 몇 명은 농업고등학교에, 여유가 있는 집 아이들은 이웃 읍내 공고와 일반계 고등학교에 진학했지만 10여 명은 집안 형편이 어려워 진학을 포기했다. 그때 경범이도 진학을 포기하고 공장에 취직하겠다고 했으나 상담을 받은 후 공고 기계과로 진로를 바꿨다.

학교와 계약한 1년이 다 되던 날, 난 성남에 있는 어느 중학교로 정식 발령을 받고 떠나게 되었다. 학교에서 사물을 정리하고, 자취 도구를 챙기는데 경범이가 와서 거들었다. 나는 그에게 용기를 잃지 말라며 책 한 권을 주었다. 리어커에 짐을 싣고 버스 정류장까지 따라온 그는 버스 화물칸에 짐을 싣고 막 차에 오르려는데 꾸벅 절하며 울먹이듯 말했다.

"그간 너무 고마웠습니다. 선생님, 절대 안 잊고 꼭 찾아뵐게요."

하면서 뒷주머니에서 뭔가 꺼내어 내밀었다. 메모지가 달린 간이 수첩이었다.

"그래, 꼭 다시 만나자."

차창으로 보니 떠나는 버스를 따라 달리며 그는 연신 손등으로 눈물을 닦으며 울고 있었다.

그 모습이 애처로워 차창에서 시선을 거두었으나 눈물은 저 먼저 알고 흘러내렸다. 한참을 눈이 붓도록 울다가 수첩을 열어보니 첫 장에 '1990년 3월 1일 12시 잊지 마세요.'라고 쓰여 있었다.

난 성남에 있는 중학교에서 교편을 잡다가 그 이듬해 결혼을 했다. 남편이 고향인 제주의 전문대학에 전임 강사 자리를 얻자 나도 제주도로 학교를 옮겼다.

그리고 제주에서의 생활은 바빴다. 첫 애를 출산하고 새로

느티나무 꽃

운 환경에 적응하느라 신혼의 달콤함은 맛도 못 본 채, 둘째
애를 낳고 학교를 몇 번 옮겨 다니다 보니 10년이란 세월이
후딱 지나갔다.

남편은 개학이 하루 앞인데 아이들을 놔두고 무슨 짓이냐
며 버럭 화까지 냈다.

사실 사전에 계획된 여행은 아니었다. 난 육아와 가사에 쫓
기고 학교생활에 붙들리다시피 하다 보니 물메 아이들과의
약속은 까마득히 잊고 있었다. 1990년 2월 하순. 담당 부서
배정이 끝나고 새로운 교무수첩을 받았는데 표지에 금박으로
박힌 1990이라는 글자가 유난히 반들거리며 시선을 끌었다.
또 한 해 농사 시작이구나. 반복되는 생활에 무슨 활력이 없
을까 생각하는 순간, 전류가 온몸을 짜릿하게 흐르며 아이들
과의 약속이 떠오른 것이다.

'아 약속을 기억해 내지 못했다면 십 년을 기다렸을 아이들
의 실망감은 어찌했을까?'

남편에게 알리기도 전에 항공권부터 예매했다. 몸이 허공
으로 붕 떠 하늘을 걷는 느낌이었다. 그날 하루 종일 입 끝에
웃음을 달고 다니자 만나는 사람마다 무슨 경사로운 일이 있
느냐고 인사했다. 집에 돌아와 남편에게 여행 계획을 이야기

했더니 짐작한 대로 무슨 철없는 헛소리라며 일언지하에 묵살당했다.

"밥은 어떻게 해? 아이들은 어떻게 하고?"

"내가 밥 해 주는 기계야? 있는 반찬 차려 먹지도 못하냐고? 며칠도 아니고 단 하루 그것도 공휴일인데 아이들 못 봐줘?"

"그날 골프 약속 있어."

남편은 없는 약속을 둘러댔다. 순간 눈물이 내 자존심을 드러내려 했지만 돌아서서 슬쩍 훔쳤다. 눈물을 보이면 지는 거다. 이게 살을 맞대고 사는 남편인가 싶었다. 난 내 삶도 없는 종인가? 그날부터의 냉전은 출발하는 날까지 계속되었다. 아침 일찍 아이들을 시댁에 맡기고 비행기에 올랐다.

10년의 세월은 많은 것을 바꾸어 놓았다. '자연은 옛 그대로인데 사람은 간 데 없다'란 싯구가 떠올랐다. 자연은 그대로 있고 싶어 하나 사람은 가만히 두지 않았다. 산을 허물어 길을 내고 황토 위에 시멘트와 아스팔트를 부어 길을 넓혔다. 그래서 구불구불 먼지 나고 덜컹대던 길이 곧게 펴지고 훤하게 뚫렸다. 문명은 시간을 단축해 준다는 말이 실감이 났다. 한 시간 30분이나 걸렸던 버스 길이 채 한 시간도 안 돼 나를

느티나무 꽃

물메골에 데려다 놓았다.

시계를 보니 11시 40분이었다. 가슴이 두근거렸다. 어떻게들 변했을까? 도란거리며 흐르는 냇물은 나를 반기는 듯 햇빛을 튕기며 윙크했고 개울 맞은편엔 전에 없던 음식점이며 주유소며 가게가 나그네의 방문이 신기한 듯 멀뚱히 쳐다보고 있었다. 학교의 낡은 목조 교사는 말쑥한 양옥 건물로 바뀌어 있었고, 운동장에선 어린 아이들 두 명이 강아지를 희롱하며 놀고 있었다. 교문 옆 물오르기 시작한 느티나무는 햇볕을 받아 하얗게 반짝였다.

교실은 모두 잠겨 있어서 사택을 찾았으나 공휴일이어선지 사람이 없었다. 하릴없이 뒤편에 있는 임간교실, 토끼장이며 텃밭으로 가니 숨었던 옛 추억이 하나둘 튀어나왔다. 어디선가 울린 사이렌 소리가 달콤한 상념들을 앗아가버렸다. 시계를 보니 12시였다. 몇 명이나 왔을까? 빠른 걸음으로 교사 앞으로 나와 느티나무를 봤는데, 운동장에서 놀던 아이들도 가고 아무도 없었다.

가슴이 철렁 내려앉았다. 남편하고 다투면서 그 먼길을 왔는데, 아무도 기억하는 사람이 없었구나. 그래도 경범이만큼은 올 줄 알았는데.

느티나무 아래 망연히 앉아 30분을 기다렸는데 끝내 아무도 나타나지 않았다. 몸에서 기가 다 빠져나갔는지 다리마저 후들거렸다. 학교를 나와 마을 초입에 있는 경범의 집을 찾았으나 초가는 폐가가 되다시피 변했고 할머니도 보이지 않았다.

개울가 인도를 따라서 버스 정류장 쪽으로 발길을 옮기는데 방금 지나쳤던 승용차가 되돌아오더니 길 건너편에 섰다. 운전석 문을 열고 나온 청년이 발이 불편한지 절뚝이며 내 앞으로 다가왔다. 난 낯선 사람의 접근에 위협을 느끼며 멈춰 섰는데 청년이 꾸벅 인사를 했다.

"정선애 선생님 맞으시죠? 저 박대홉니다."

"박대호? 어머나 대호가 이렇게 컸구나."

"아까 차에 기름 넣다가 선생님 지나가는 것을 봤어요. 긴가민가 생각하다가 확인하려고 왔는데 맞네요. 반갑습니다."

대호는 주유소를 운영하고 있다고 했다. 그는 점심을 대접하겠다며 식당으로 안내하더니 쉬지도 않고 저간의 소식들을 뱉어냈다. 조경범에 대한 소식이 무엇보다도 궁금했다.

"경범이 지금 감옥에 있어요."

"뭐? 아니 그 착하던 얘가 어째서?"

"군대 갔다 오더니 사람이 영 변했어요. 참 선생님도 알죠?

　　　　　　　　　　　느티나무 꽃

이민정이라고?"

"중학교 때부터 사귀던 그 아이?"

"예. 민정이가 집안의 반대로 경범일 멀리했나 봐요. 부모가 서울로 민정이를 숨겨버린 후로 경범인 술만 마시면 개망나니 짓을 하고 다녔어요."

어릴 적 부모의 사랑을 못 받고 자란 사람이 커서 실연을 겪게 되면 실망과 분노가 보통 사람보다 3배 이상 크다던 글이 생각났다.

"할머닌?"

"작년 경범이가 사고 치는 바람에 쓰러져 서울 병원에 가셨는데 그 후론 소식을 모르겠어요. 돌아가셨다고도 하고."

"아니 무슨 사고를 쳤는데?"

"사람을 죽였어요."

무슨 말을 들은 거지? 귀에서 웽하는 소리가 들리더니 뇌가 그 말을 해독 못 하는 듯, 고장난 컴퓨터 화면처럼 눈앞이 캄캄해졌다. 난 할 말을 잃은 채 가만히 대호의 얼굴만 바라보았다.

"경범인 고등학교 다니면서부터 태권도를 배웠어요, 그걸 군대에서도 유용하게 써먹으며 4단까지 땄어요. 제대해서 읍내에 도장을 차리려고 슈퍼 위층에 간판 달고 운동기구 사놓고 개관을 준비하고 있었는데 주인이 계약금을 돌려주며 당장 나가라고 했대요. 자신은 기독교 장로인데 무당의 자식한테 건물을 빌려줄 수 없다는 이유였죠. 무당의 자식이라는 말에 경범이가 돌아버린 거죠."

"할머니가 무녀였지?"

"어머니도 무당이었어요. 현실을 받아들이지 못한 경범 아버진 서울로 도피했고, 어머닌 자살했대요."

갑자기 눈물이 주루룩 떨어졌다. 주문한 음식이 나왔지만 먹을 수가 없었다.

"경범은 분노를 참지 못해 밤새 술 마시다 새벽녘에 칼을 들고 건물주를 찾아가 찌른 거죠."

연신 흘러내리는 눈물을 닦으며 내가 할 수 있는 일은 '저런' 하는 맞장구뿐이었다.

"신고를 받고 출동한 경찰 두 명을 냅다 차서 갈비뼈 부러지는 중상을 입혔어요. 경범인 슈퍼마켓 앞에 술병 박스로 방어벽을 세우고 출동한 기동타격대와 대치하는 등 사건은 걷잡을 수 없을 정도로 커져버렸지요. 소문을 듣고 갔는데, 나도 접근 못 하게 했어요, 김윤일 선생님이 오시고 나서야 자수를 했어요. 김 선생님 권유로 운동을 시작했으니까 김 선생님 말은 듣더라고요."

　　　　　　　　　　　　　　　　느티나무 꽃

"순진했던 사람이 어떻게 그렇게 변할 수 있지?"

"군대에서 그렇게 된 것같아요. 우린 같이 입대했어요. 병무청에 갔다가 특수부대원 모집 포스터를 봤어요. 그냥 쌍권총 차고 베레모 쓰고 멋지게 악당들을 소탕하는 영화 생각을 하고 자원했죠. 두 차례 신체검사를 받는 날로 입영통지서도 없이 끌려갔어요. 헌데 고된 훈련에 우리의 환상은 여지없이 부서졌어요. '멋지게 싸우고 가볍게 죽는다'는 신조 아래 고공침투훈련, 폭탄을 안고 목표물에 투신하는 법 등 한마디로 살인기계를 만드는 것이었죠. 개 패듯 혹독하게 두들겨 패면서 180도 인간을 개조시키려 했어요. 전부 독종이 되어 갔죠. 외출도, 전화도 마음대로 할 수가 없었구요. 전 훈련 중간에 부상 입어 제대하게 됐지만."

대호는 눈물을 훔치는 나를 슬쩍 바라보곤 다시 말을 이었다.

"마지막 휴가를 나왔는데 엄청 변해 있더라고요. 아무리 등치 큰 사람도 경범이와 붙으면 나가떨어지는 거예요. 경범이는 무서운 게 없었어요."

10년 만의 여행은 그렇게 씁쓸한 소식만 듣고 돌아왔다.

그 후, 그에 대해선 잊고 있었는데 어느 날 조경범에게서 전화가 왔다. 결혼해서 제주도로 신혼여행을 왔다는 것이었다. 그는 아름다운 신부 앞에 배려가 많은 순진한 양으로 변해 있었다. 활달함으로 바뀐 그의 모습은 자신감으로 차 있어 예전의 어두운 그림자는 찾을 수 없었다.

"군대 있을 때 펜팔로 만났어요. 감방 갔을 때 일주일에 한번, 3분 주어지는 면회 시간에 매일 잊지 않고 찾아오는 정성을 보고 마음 고쳐먹었죠. 순응하며 살자. 그래서 애순이 말대로 교회도 나가고 결혼식도 교회에서 했어요."

모범수로 복역을 앞당긴 경범은 아버지에게서 일을 배우고 있다고 했다.

"선생님이 물메 다녀가셨다는 걸 대호를 통해 들었어요. 저도 그날은 철창을 붙들고 온종일 울었어요."

"그랬구나."

"헤어지던 날 선생님이 책 주신 거 기억나세요?"

"무슨 책이었지?"

"헤르만 헤세의 '수레바퀴 밑에서'란 책이었죠. 당시에는 무슨 얘긴지 몰랐지만 고등학교에 들어가서 그 책을 읽고 삶에 대한 자신감과 용기를 되찾았어요."

그러고서 전화 한번 없었는데 이제야 무슨 바람이 불어서

느티나무 꽃

나를 찾은 걸까?

삼십여 분을 기다렸을까? 외제 차가 내 앞에 와서 섰고 정장을 한 건장한 중년이 운전석에서 내렸다. 경범이었다. 그는 환한 웃음을 날리며 '선생님' 하고 다가서더니 손을 내미는 나를 덥석 끌어안았다. 뒷자리에 모시겠다는 걸 사양하며 굳이 옆자리에 앉았다. 그는 안전벨트를 당겨 내 몸을 결박하고는 출발했다.

"보기 좋다. 성공한 모양이구나?"

"죄송해요. 그간 연락도 못 드리고. 정말 눈코 뜰 새 없이 바빴어요."

"이렇게 성공한 모습을 보여주니 된 거야. 그게 선생님들 마음이거든. 불행을 겪은 제자를 보면 안타깝기도 하지만, 경범이 같이 성공한 제자를 볼 때 보람을 느낀단다. 선생은 그런 재미로 하는 건데 요즘 애들은 많이 달라."

"선생님 상황 다 전해 들었어요. 그게 전화위복이 될 수도 있잖아요?"

"고맙다. 위로를 다 해주고. 헌데 무얼 해서 이리 큰돈을 번 거야?"

"사람은 다 때가 있나 봐요. 아버지가 병환으로 IMF 맞자 돌아가셨어요. 전 아버지 사업을 다 정리하고 자동차 정비공

254

장과 폐차장만 운영했어요. 헐값에 나온 버스, 택시들을 수리해서 되팔고, 고철로 넘기면서 연줄로 사람들을 많이 만나게됐죠. 그러다 미국 바이어들과 연계되어 소고기를 수입할 수있는 라이선스를 갖게 되었구요. 도시가스 설비공사까지 손대서 전국 곳곳에 사업체가 있어요."

"그래? 장하구나. 내가 다 우쭐해지는데? 근데 지금 어디가는 거지?"

"물매중학교요. 금년 3월이면 선생님이 우리를 가르친 지딱 30년이잖아요? 연락되는 동창생들 몇 명이 와 있을 거예요."

"그렇구나. 벌써 그렇게 되었구나. 지금 너희들 나이가 40대 중반이네."

"모두 잘나가요. 태규는 국회의원 준비하고 있고. 대호는농협 조합장이 됐어요."

마을은 많이 변해 있었다. 도로변에 호텔과 빌딩도 보였다. 차가 미끄러지듯이 학교 정문을 들어서는데 깜짝 놀랐다. 교문에는 '정선애 선생님, 보고 싶었습니다'란 현수막이 붙어있었고 잎새를 떨구어버린 늙은 느티나무 가지에는 형형색색의 고무풍선과 리본이 꽃처럼 한들거리고 있었다.

느티나무 꽃

가슴이 뭉클하더니 눈물이 쏟아졌다. 연도에 늘어선 사람들이 '정선애'를 환호하는 가운데 차에서 내렸으나 목이 메어 말을 할 수 없었다. 연상처럼 보이는 중년들이 제자라고 손을 내미는데 이름을 들으면 학생 시절 모습들이 어렴풋이 생각났다. 훌륭하고 건강하게 커 준 게 고마울 따름이었다. 그들과 일일이 악수를 하고 이사장실로 안내되었다.

"선생님, 오늘 모인 사람들은 이 학교 출신이거나 마을의 유지들입니다. 모두가 물메중학교의 재단 임원들이죠. 학교가 어려움에 처한 것을 알고 제가 인수했어요. 3월 2일 이사장에 취임합니다. 제가 부탁드리고자 하는 말씀은 선생님을 교장 선생님으로 모시고자 해섭니다."

내 귀를 의심하다가 말뜻이 입력되니 가슴이 뛰었다.

"교장? 난 자격도 없는데……."

"선생님의 열정이면 충분합니다. 승낙해 주십시오."

순간 난 두근대는 가슴을 억누르며 역정을 내듯 말했다.

"생각해 준 건 고마운데 이런 법이 어디 있어요? 내 의견은 들어보지도 않고."

"죄송합니다. 꼭 선생님같이 능력 있는 분이 필요하다고 이 사회에서 결의된 사항입니다. 도와주십시오."

재단 사람들과 점심을 같이 하는 동안에도 승낙을 강요하는 분위기가 계속됐지만 난 섣불리 결정할 수 없었다. 하루 말미를 얻었다. 비행기를 탑승한 내내 여러 가지 생각들이 머리를 어지럽혔다. 내 인생 2막은 이런 게 아니었는데…… 즐기면서 자유롭게 살고 싶은데 다시 제도권의 틀 속에? 세워 놓은 여행 계획은 어찌하고, 이 나이에 가족과 떨어져서 생활해야 하나? 학생들 앞에 다시 서면 옛날의 열정은 되찾을 수 있을까? 행복한 선택의 갈등은 제주에 도착할 때까지 계속되었다. ✗

느티나무 꽃

특별한 평범함
— 강준의 『오이디푸스의 독백』

문학 작품이 표상하는 세계는 역사에 속해 있으면서도 또한 역사 밖에 있는 어떤 곳이다. 실제로 존재했었고 체험한 역사를 다시 바라본다는 의미에서 문학이 포착하는 세계는 작가를 통하여 이루어지는 일종의 메타 서사이자 메타 역사로 간주되어야 한다. 역사 바깥에서 역사의 핵심을 드러내는 세계, 그것이 바로 문학 세계이다. 문학 작품은 개인 주체를 통하여 추구되는 가치의 궁극에 있는 독창성이다. 여기에서 중요한 것은 사람들의 삶이 지닌 일상성 너머의 어떤 것을 포착해내는 일이다. 그것은 남다른 사람의 삶일 수도 평범해 보이는 삶의 남다른 측면일 수도 있다. 물론 문학적 시선의 대상이 된다고 해서 평범한 삶이 갑자기 특별한 것으로 바뀔 수는 없다. 평범한 삶은 그대로 평범할 뿐이다. 그러나 문학의 자장 안으로 들어오는 순간 그 평범함은 단순한 평범함이 아닌 것이다. 평범함이 특별함이 되는 것이 아니라 자장 안에서 펼쳐짐으로써 주목의 대상이 되는 평범함, 그러니까 특별한 평범함이 되는 것이다.

1. 일상 밖에서 일상을 대표하는 인물들
— 「타자의 얼굴」, 「일그러진 만년필」

국가라는 권력에 철저히 봉사한다는 핑계로 개인을 억압하는 공권력에 임하는 조인택이라는 인물은 이창동의 영화 「박하사탕」의 주인공과 같은 류의 인물이다. 군사정권 시절에 일상적으로 만났던 인물이다. 합리적이고 개인의 존엄과 주체성이 중요시되기 이전, 가부장적 아버지의 법의 질서 아래에서는 전제 군주에 이어 국가가 절대 권력의 상징이었다. 개인은 철저히 국가를 위해 봉사하는 하수인이었다.

「타자의 얼굴」에서 처 외삼춘인 조인택은 군사정권 시절에 경찰관으로 근무하면서 작중 화자가 그 후유증으로 평생을 불구로 살 정도로 혹독한 고문을 한 악질 경찰관이었다. 그럼에도 그가 죄의식없이 자신을 자랑스러워한 것은 철저한 국가에 대한 충성심이라는 자부심 때문이다. 이런 인물들은 시대의 지배담론에 철저히 종속되어 그 지배담론의 주체자를 국가로 상정하고 자신이 본무의 충실함은 바로 국가를 위한 것이라고 생각하기 때문이다.

조인택이 퇴직 후 수필가가 되고 시인이 된다는 것 또한 같은 차원이다. 경찰관으로 복무한다는 것이 국가에 대한 충성심이라면 문인이 된다는 것은 또 다른 명예를 얻는 것이다. 퇴직 후 새로운 일을 시작한다는 것은 모험이다. 성공한다는 보장이 없이 퇴직금을 날려야 하는 위험도 있다. 그러나 수필을 쓰고 시를 쓰는 것은 글을 쓸 줄 알면 누구나 할 수 있는 일이다. 거기에는 시인입네, 수필가입네 하는 명예를 주고 또 힘과 돈을 들이지 않고도 세상사람들로부터 존경을 받는 일이다. 잘 하면 잡지를 창간, 수필을 팔고 시를 팔아 돈을 벌 수도 있는 것이다. 시대에 잘 영합하는 조인택이 수필가가 되고 시인이 되는 것은 자연스런 일이다.

이런 인물에게 작중 화자는 조인택으로 인한 고통과 분노, 그로 인한 현실로부터의 배제 체험, 힘든 취업 등, 지금도 생생한 아픔으로 남아있다. 그러나 조인택은 오직 국가와 역사의 대리인에 지나지 않는다. 자신이 고문한 인물들의 고통과 분노는 그들의 몫이다. 즉 개인의 존엄을 최고의 덕목으로 생각하는 작중 화자의 몫일 뿐이다. 지배 담론의 시녀 노릇이 당연한 것처럼 생각하는 인간들이 많은 사회일수록 한 개인의 존엄을 중요시하는 화자 같은 사람은 예외적인 인물일 뿐이다. 그렇기 때문에 그로 인한 분노와 고통은 고스란히 작중 화자의 몫으로 남는다.

「일그러진 만년필」 역시 비슷한 분위기를 가진 작품이다. 딸의 청소년 백일장에서 잘못 받은 만년필이 화자로, 상징적으로 처음부터 신옥지 여사의 잘못된 파행적 삶을 예고하고 있다. 만년필이라는 삼인칭 관찰자 시점으로 작품이 시작된다. 이 작품에서 초점 인물 신옥지 여사는 딸과 자신을 일치시키는 가부장적 의식이 내면화된 인물이다. 문학 소녀였던 신옥지 여사가 중학생 딸이 이어령의 수필을 표절해 쓴 시를 보고 딸의 천재성에 감탄한 것은 엄마로서 당연한 것이다. 딸의 천재성이 바로 자신의 천재성이고 딸의 성취가 바로 자신의 성취이기 때문이다.

산업 자본주의에서 경쟁 구도는 인간의 내면적 발전보다는 외적 발전을 중시하게 했다. 외적 발전에 의한 경쟁 구도 속의 쟁취는 성취감을 주고 그것이 바로 자신으로 위장된다. 그러나 자신은 그것의 거짓의 얼굴을 보았기에 심리적인 허탈감을 가진다. 이런 심리적 허탈감에 의해서 더 심하게 허명에 집착하게 된다. 거기에 함정이 있다는 것을 알지만 한번 내딛은 발은 빼지 못한다. 신옥지 여사의 문단 활동의 일련의 과정이 바로 이를 가리킨다.

딸이 천재이기를 바라는 엄마의 기대에 부응, 딸의 시가 청소년 백일장에서 대상까지 받자 신옥지 여사의 딸의 천재성에 대한 기대는 배가 된다. 그러나 그것은 얼마 후 표절이 알려지면서 상이 취소되고 딸 몰래 백일장에 낸 담당 선생님마저 처벌되자 신옥지 여사는 아예 자신이 시인이 되려고 한다.

신옥지 여사는 시가 무르익기 전까지 철저히 습작을 거쳐야 한다는 깐깐하기로 소문이 난 선생을 배반하고 섣불리 쉽게 등단을 시켜 이용해 먹는 문단 풍토에 영합, 수필가가 되고 시인이 된다. 신옥지 여사가 수필가가 되고 시인이 되는 것은 자신 속의 내면 표출을 위한 것이 아니라 단지 문인이 되고 싶은 허영 때문이다. 설익고 내용이 없는 문장으로 수필을 쓰고 시를 쓴다. 그리고 경력을 위조하고 단체의 돈을 횡령하고 상을 타고 문인단체 회장 선거에 나가는 잘못된 문단 풍토에 자신을 맡기면서 허명에 만족해한다. 블랙홀과 같은 허명에 빠져들면 빠져들수록 빠져나오기 힘들다.

신 여사는 앞일이 어찌 되었건 장 교수 입은 막아야 하겠다고 생각했다. 그래서 핸드백에서 선거 자금으로 쓰기 위해 인출해 둔 봉투를 꺼내 장 교수 앞으로 내밀었다.

"죄송합니다. 한 번만 봐 주세요. 선거엔 나서지 않을게요."

장 선생은 조롱하듯이 웃으며 말했다.

"홍. 문학에 ㅁ자도 모르는 사이비들을 회원으로 가입시켜놓고 문학판을 분탕질한 주제에 선거? 이거 뇌물죄 추가된다는 거 몰라? 네 앞가림이나 잘해. 이제 곧 경찰에서 연락 오고 신문에도 대문짝만하게 기사 날걸? 그러게 주제를 알고 날뛰어야지. 그렇게 문학을 호구로 봤어? 너 같은 건 당해도 싸."

모질게 말을 마치고 장이경은 뒤도 쳐다보지 않고 밖으로 나가 버렸다.

세상이 노랗게 보였다. 몸은 축 처져 손가락도 까딱 못하겠는데 아까부터 핸드백 속 내 곁에서 휴대전화가 시끄럽게 울리고 있었다.

─「일그러진 만년필」, 161~162쪽

「타자의 얼굴」의 조인택이나 「일그러진 만년필」의 신옥지 여사 작품 속에서의 능력은 자본주의의 경쟁 체제에서 자신의 능력의 결과로서 재능을 인정받은 것이 아니라 왜곡된 문단 풍토의 잘못된 관행에 의해서 이루어진 능력이다. 위의 인용문에서 보여주듯 사이비 회원이라도 많이 가입시키고 그에 의해 권력을 나눠 먹는 문단에 어떻게 기여하느냐에 의해 보상처럼 주어지는 문단 단체의 권력은 서열화와 보상체계에 의해서 주어지는 것이다. 이런 류의 인물은 길거리의 똥을 보고 피해가듯 만나고 싶지 않지만 일상 밖에 있지만 일상 속에서 흔히 만나는 인물들이다. 현실에서 미투(Me To)의 시작으로 사회의 정화운동이 일어나면서 위의 인용문 같은 분탕칠하는 문단 풍토는 사라지는 듯하다가 괴물처럼 다시 살아나 되돌이표가 되는 현실, 일상 밖에 있지만 일상을 대표하는 인물들, 만나고 싶지 않은. 조인택이나 신옥지 같은 인물이다.

2. 로망스 가족과 행복
— 「오이디푸스의 독백」, 「그늘진 사랑」, 「틈입자」

1970, 80년대 한창 경제부흥을 위해 아버지들이 산업 일꾼으로 매진할 때 엄마들은 밖에 나가있는 아버지를 대신 가

족의 행복을 지키기 위해 예쁜 앞치마를 걸치고 가족에게 따뜻한 밥과 맛있는 반찬을 차리는 로망스 가족이 우리 사회에 낭만처럼 그린 선전이 유행했었다. 1, 2명의 자녀를 낳아 오순도순 행복한 그림을 그리는 것이 가족 로망스의 대표적 표상으로 자리잡았었다. 이런 표상은 2000년대가 훌쩍 넘은, 가족 만들기를 거부하고 1인 가족으로 살겠다는 청년들이 늘어가는 지금까지도 가족의 표상이 되어 가족을 괴롭히는 도구가 되고 있다.

가족 로망스의 꿈과 개인의 행복은 일치되지 않는다. 일치되기 위해서는 아버지 되기를 엄마 되기를 멈추어야 한다. 아직도 우리 사회에는 가부장적 의식이 내면화된 아버지, 어머니들이 많기 때문에 과도한 아버지, 어머니 역할을 수행하려한다. 가족의 비극은 부모들이 자녀들의 행복을 지킨다는 명목으로 과도한 아버지, 어머니 역할을 수행하려는 데서 비롯된다.

「오이디푸스의 독백」의 초점 인물의 아버지, 「그늘진 사랑」의 초점 인물의 어머니가 바로 과도한 자기 역할로 인해 자식들을 불행 속으로 밀어 넣은 인물들이다.

자녀들의 행복을 지켜주기 위한 어버이의 역할은 자녀들의 존엄성을 키워주고 그들의 기량을 마음껏 발휘할 수 있게 도와주는 것이다. 그러나 많은 어버이들은 자신들의 가치관으로 자식들을 억압, 강제하려는 사람들이 많다.

「오이디푸스의 독백」의 아버지는 월남 참전 용사로서 영웅심과 가부장적 권위 의식의 소유자이다. 아버지는 여느 자식과는 다르게 유독 장남 정희에게만은 요구가 많다. 이름조차 존경하는 박정희 대통령의 이름을 따 이정희라고 지었다. 다른 아이들이 자유롭게 구사하는 어린이들 용어보다 예의를 갖춘 언어 사용하기, 정희의 일상의 시간표부터 교우관계 관리까지 감독하려는 아버지의 역할의 과도한 수행은 정희의 숨통을 조인다. 정희는 조이는 숨통에게서 빠져나가기 위해 태권도를 시작, 처음으로 삶의 의욕에 충만했다. 그러나 그것마저 공부에 지장이 많다고 아버지로부터 차단당했다. 그리고 고3때 집에서 쫓겨난다. 15년이 지나서야 아버지의 임종을 위해 달려오다 교통사고로 죽음에 이르고 아버지 병상에서 이승에서의 아버지에 대한 마지막 넋두리가 이 작품의 주요 골자이다.

이 작품 속의 아버지는 자기 나름대로의 방식으로 자녀를 사랑한다. 마지막 암 진단을 받은 후 치료를 거부한 아버지의 가출은 조금이라도 정희의 아들 손자에게 재산을 많이 남겨

주려는 사랑의 발로이다. 아버지의 법을 지키는 것만이 최고의 미덕으로 알고 살아 온 시대의 자기 나름의 사랑법이다. 그렇게 하는 것이 사랑으로 믿고 있기 때문이다. 그런 부모 밑에 태어난 것은 운명이다. 그러나 어린 자녀가 그것을 해결할 방법이 없다. 거기에 불행이 있다. 가출 후 아버지의 부재 속에서 정희가 성공할 수 있었던 것은 바로 억압자가 옆에 없었기 때문에 가능했다. 아버지로 인해 정희의 아들과 강제 이별했고 부인과도 헤어졌지만, 아버지의 죽음으로 가족 간의 화해를 예고한다. 비록 정희의 육신은 저승에 속해 있지만, 가족과의 상면을 통해서 행복한 가족을 꿈꾼다.

「오이디푸스의 독백」에서 아버지의 역할은 「그늘진 사랑」에서는 어머니가 대신한다. 이 작품에서도 어머니의 죽음으로 어머니의 강압으로 헤어져야만 했던 첫사랑과도 가족 간에도 화해를 예고한다. 두 작품이 다 죽음으로 또 다른 가족 간의 화해를 예고하는 것은 혈연을 나눈 가족이기 때문이다. 혈연으로 묶여진 가족이기 때문에 인연을 끊을 수가 없기 때문이다. 두 작품 다 아버지와 어머니와 헤어져 지내므로서 자신이 자신으로 살아갈 수 있는 존엄성을 찾는다. 자신의 욕망을 실천하고 그것을 통해서 자신이 그 속에서 살아있음의 징

표 에로스를 느끼고 그 속에서 행복을 찾는다.

혈연으로 엮어진 가족이라는 것으로 서로 간에 상처를 주고받는 것은 그동안 소설적 소재로서 많이 작품으로 차용되었다.

"엄마 폐가 굳어 가고 있어. 밤새 기침 소리 때문에 나도 잠을 설칠 때가 많아. 올해 넘기지 못한대."

호준의 말에 난 대꾸도 않고 종이컵의 커피만 홀짝거렸다.

"누난 엄마가 불쌍하지도 않아? 아픈 몸으로 살아보겠다고 얼마나 고생했는데?"

그 말에 동의할 수 없다고 말하고 싶었지만, 부질없이 동생과 말다툼하고 싶지 않았다. 대답이 없자 호준이 다그치듯 말을 이었다.

"정말 인연 끊을 거야? 얼굴 안 본 지 몇 년째야? 그만했으면 화해할 때도 됐잖아? 가족끼리 이해 못 할 게 뭐 있어?"

가족이란 말에 난 입술을 지그시 깨물고 나서 말했다.

"호준아, 가족이 무슨 소용이야? 서로에게 상처만 주고. 아등바등 삶에 치이다 보니 누나 노릇 못해 미안해."

그리고는 책상 속에 미리 준비해 둔 봉투를 꺼내 내밀었다. 순간 호준은 나를 노려보며 자리를 박차고 일어섰다.

"지금 날 무시하는 거야? 난 누나에게 섭섭한 것 없는 줄 알
아? 그래 다신 만나지 말자고."

나를 만나러 일부러 서울 왔다가 그렇게 문을 부술 듯이 나간
호준이 두 달 만에 어머니가 위급하다는 전화를 해왔다.

— 「그늘진 사랑」, 164~165쪽

위의 인용문에서 보여주는 것처럼 가족 간에 어머니를 인
식하는 온도는 다르다. 화자인 '나'가 어머니로부터 첫사랑과
의 결별을 강제당한 후 어머니를 보지 않고 산 세월 동안 동
생 호준은 어머니 옆에서 어머니를 돌보았다. 가난으로 억척
군인 어머니가 '나'를 억압하고 강제하는 것은 자신의 전철을
밟게 하지 않으려는 자기 나름의 사랑법이다. 「오이디푸스의
독백」에서의 정희나 이 작품에서의 '나'는 정희의 아버지가
정희를 자신과 동일시하듯, 이 작품의 어머니 역시 '나'를 자
신과 동일시 자신의 분신과 같은 것이다. 그러기에 다른 자식
보다 더 혹독하게 억압한다. 그러나 '나'의 가족을 떠나 다른
살림을 하고 갖은 망나니짓으로 어머니와 호준을 괴롭혀 온
아버지에게는 의외로 관대하다. '나'의 기억 속에 남은 따뜻
한 기억 한 조각으로 자신의 간을 이식해 줄 정도로 용서가
된다. 가족은 내팽개쳐도 자신을 억압한 적은 없기 때문이다.

이것이 바로 삶의 아이러니이다. 평생 '나'만을 위해 전전긍긍 노심초사하던 어머니는 평생 보고 싶지 않은 것이다. '나'를 나이게 하기 위해서는 그냥 내버려두는 것이다. 문제는 사랑의 이름으로 억압하는 것이다.

'나'는 아직 안정된 직장을 찾지 못해도 사회에서 방송 구성 작가로서 충실히 살아가고 있는 인물이다. 이 작품은 어머니의 임종을 앞두고 코미디 원고를 써야 하는 아이러니적 상황과 어머니를 용서해야 한다는 이중 심리적 기제가 상호작용하면서 이야기가 진행된다. 즉 우리가 생존을 위해서 하지 않으면 안되는 일에 대한 심리적 스트레스와 절박한 임종 앞에서 어떻게라도 어머니를 받아들여야 한다는 이중 부담으로 이야기가 진행됨으로써 바로 일상 그대로의 형식을 보여주고 있다. 삶의 무게를 실감있게 그려냄으로써 구성의 참신함이 돋보이는 작품이다.

「틈입자」에서도 「그늘진 사랑」과 비슷한 구도를 보여준다. 엄마는 딸을 자신과 동일시하는 가부장적 의식이 내면화된 인물이다. 그러나 고등학생인 딸은 어머니와 같이 정조 같은 것은 우스운 것으로 여기는 전혀 다른 성 윤리를 보여주는 세대 간의 다른 세계관에 의한 갈등을 다루고 있다. 고등학생들

의 이야기임에도 어른들 세계와 다를 바 없는 타락한 세계를
보여주는 후기 산업사회의 말조적 현상을 보여주는 작품이다.

3. 에로스적 욕망과 죽음
— 「자서전 써주는 여자」

강준 같은 제주도 출신 작가는 4·3사건을 소재로 한번쯤은
작품을 써야한다는 심리적 압박감을 가지고 있을 것이다. 그
러나 너무나 지적에서 경험한 혹은 실제 겪은 부모들과 형제
들이 친척들이 생존해 있는 경우가 많기 때문에 제주도 출신
작가가 4·3사건을 객관적으로 다룬다는 것은 쉽지 않을 것이
다. 4·3사건의 가해자와 피해자가 서로 얽혀 있기 때문이
다. 이 작품도 같은 맥락의 작품이다. 일상 밖, 허구의 세계
속에서 만나는 대표적 평범한 인물, 장충삼 회장의 이야기이
다.

'자서전 써주는 여자'인 화자를 통해서 장 회장의 삶이 조
명된다. 해방이 된 후 북한에서 공산당에 의해 모든 재산을
탈취당하고 남하한 부르주아 출신의 청년, 장충삼은 빨갱이
잡는다는 말에 경찰이 되고 제주도까지 와서 저지른 서하리

제삿집 사건의 가해자이다. 또 서하리 사건의 피해자의 당사자가 화자의 시아버지이다. 그 사건으로 남편은 아버지도 못 보고 유복자로 태어나게 된 것이다. 기막히게 얽힌 두 사람! 남편은 간암으로 장 회장은 췌장암으로 죽음을 목전에 두고 있다. 남편의 간 이식 수술비 때문에 시작된 회장의 간병과 자서전 집필! 자서전을 쓴다는 것은 그 사람의 인생 속으로 들어간다는 것이다. 남편으로부터 장충삼과 집안에 얽힌 이야기를 듣고 자서전 쓰기를 포기할까 갈등했지만 그건 남편의 죽음을 불사해야 하는 아픔이다. 간 이식 비용을 마련해 남편을 살리겠다는 강한 의지로 포기하지 못한다. 또 수필가면서 주로 간병을 해서 생계를 이어간 화자에게 자서전 써주는 일은 자신에게 주어진 절호의 기회이다. 명목상의 수필가로서의 결핍을 채워줄 수 있는 일이며 살맛 나게 하는 일이다.

욕망은 에로스이다, 에로스는 모든 동물을 매 순간 살아있게 해주는 능동적인 힘이다. 심리적 허함을 채워주는 자서전 써주는 일은 화자에게 활력을 주는 일이다. 또 장 회장이 과거의 삶을 회개하고 반성한다는 선의의 뜻을 꺾고 싶지 않다. 자서전 집필로 남편의 간 이식 수술은 성공했지만 마취에서 깨어나지 못해 생사를 달리한 남편, 남편의 죽음 이후 더 자

272

서전 쓰는 일에 매진, 자서전의 완성은 두 사람에게 성취감을 주고 여한이 없는 행복감에 도취된다. 인간은 가장 행복할 때 죽음을 생각한다.

회장님께 간식과 와인 한 잔을 가져다가 드리고 나서 전 욕실을 정리하고 샤워를 했습니다. 거기서 샤워를 한 것은 처음이었습니다. 쏟아지는 물줄기를 온몸으로 맞으면서 희열이 피어오름을 느꼈습니다. 해냈다는 성취감, 두둑하게 받은 원고료, 그리고 책이 출간되고 나서 나타날 반응 등 여러 가지 생각이 스치면서 마음이 한껏 부풀어 오르고 엷은 흥분까지 느꼈습니다. 저절로 콧노래가 나왔고, 적당히 따스한 물줄기가 살갗에 부딪히는 쾌감을 즐기는데 이상한 예감이 들었습니다. 샤워 꼭지를 잠그고 입구 쪽을 보니 열려있는 문 앞에 잠옷 차림의 회장님이 휠체어에 앉아 쳐다보고 있었습니다. 깜짝 놀라 몸을 움츠리며 '회장님' 하고 소리쳤지요.

그런데 회장님은 피하기는커녕 애절하게 저를 보며 말했습니다.

"난 이승에서 할 일을 다 한 것 같소. 이제 곧 죽어도 여한이 없소."

— 「자서전 써주는 여자」, 97~98쪽

위의 인용문에서 화자가 일을 성취한 행복감에 콧노래까지 부르며 한껏 들떠 샤워하고 있는 화자의 모습에 장 회장은 몰래 훔쳐보며 도취 몰입한다. 아름다운 것은 좋은 것이고 좋은 것을 보면 소유하고 싶은 것이다. 소유를 통해 영원을 꿈꾸는 것이다. 욕망하는 것은 에로스이다. 죽음을 앞 둔 남자는 순간적인 쾌락을 통하여 영원을 꿈꾸는 것이다. 심장경색 증세까지 있는 장 회장에게 격한 감정은 금기였음에도 장 회장은 화자를 욕망하고 순간적인 쾌락을 통하여 죽음에 이른다.

화자는 글 쓰는 수필가로서의 최고의 보람을 자서전 집필을 통해서 이루어내었고, 장 회장은 자신의 삶을 회개하고 반성하는 자서전 집필을 통해서 삶을 완결하고 싶은 열망은 서로가 서로를 필요로 하는 창조와 생산을 이루어내게 된 것이다. 화자는 원수의 관계라고도 할 수 있는 장 회장의 자서전을 집필함으로써 장 회장의 생을 이해하게 되고 받아들이게 된다. 그동안 생계 문제가 시급해 명목상의 수필가로서 능동적 글쓰기를 하지 못했던 화자는 자서전 집필을 통해 가장 창조적인 시간을 보내었으며, 장 회장은 죽음의 목전에서 자신의 삶을 회고하며 반성하는 참 '나'를 만나는 기쁨의 시간을 보냈다. 두 사람은 인생의 가장 행복한 시간 서로를 욕망하고 탐닉의 시간 속에서 죽음을 맞이한다. 장 회장은 육체적 죽음을 맞이하고 화자는 장 회장을 살해했다는 죄명으로 감옥행을 한다.

이 작품의 장 회장이나 화자는 일상 속에서 흔히 만나는 인물이지만 허구 속에서만 만날 수 있는 특별한 평범한 인물이다. 일상에서는 원수 같은 사람의 자서전을 집필하지 않을 것이며 일관되게 원수일 뿐이다. 두 인물이 자서전 집필 후 성취감을 얻었다고 정사로 죽음에 이르지 않을 것이다. 실제 죽고 싶은 사람은 없기 때문이다.

4. 시간 여행과 기억
— 「놓친 열차는 아름답다」, 「느티나무 꽃」

미국의 철학자 마사 너스바움은 전통적으로 축적된 어떤 특정한 전통보다는 인간의 보편적 정의를 받아들일 수 있는 보편성을 제시한다. 즉 문학 작품은 그 자체만이 아니라 작품과 독자와의 관계에서 구체적인 상황에 접하기는 하나 그렇다고 상대주의적인 것은 아니고, 일반적인 인간 행복의 개념을 구체적인 상황에 연계하여, 보편 가능한 구체적 처방을 내리고, 독자들로 하여금 상상력으로 원초적인 자신으로 돌아갈 수 있도록 도덕적 추론을 가능하도록 한다는 것이다.

우리는 지각으로 체험되는 감각적 삶을 온전히 유지한다는 것은 중요한 일인데, 문학 작품을 통하여 인간의 원초적 존재에 대한 새로운 인식은 기억을 통해서 이루어진다. 우리가 산에서 만나게 되는 자연의 아름다움을 통해서 우리의 존재를 새롭게 인식하듯이, 문학 작품 속에서 만나게 되는 다양한 인간 군상을 통하여 기억을 되살리고 자신의 경험을 반추하게 된다. 과거를 되돌아본다는 것은 전체의 삶을 되돌아본다기보다는 자신이 기억하고 싶은 것만 보게 된다. 가장 아픈 기억과 행복한 기억이다. 강준의 위의 장에서 다룬 작품들은 아픈 기억과 관련된 것이며, 「놓친 열차는 아름답다」와 「느티나무 꽃」은 좋은 기억, 아름다운 기억과 관련된 것이다.

자연이나 문학 작품을 통해서 인식하게 되는 아름다움은 밖에서 오는 것이면서, 마음 안에 잠재된 형상의 깨우침이며, 근원적으로 인간에게 내재된 가능성이다. 이때 드러나는 것은 숨겨져 있던 삶의 깊은 의미라고 할 수도 있고, 하이데거 식으로 말하면, 존재의 근원이 스스로 드러내는 것이라고도 할 수 있다. 이러한 드러남에는 삶을 움직이는 근본적인 그리움이 감추어져 있다. 이 그리움은 우리의 많은 행동의 숨은 원천이다. 또 예술 창조의 원천이면서 결국 우리의 정신 활동의 원천이다. 그리움은 생명체의 근원적 필요성이고 이는 자신의 삶을 규정하는 근본적 조건의 확인이고 그에 대한 신뢰이다.

「놓친 열차는 아름답다」와 「느티나무 꽃」은 어떤 계기, 「놓친 열차는 아름답다」에서는 첫사랑의 친구를 만남으로 「느티나무 꽃」은 교사로서 명예 퇴임을 함으로써 교사로서 첫 부임지의 제자들과의 추억을 통해서 과거로의 여행을 떠나게 된다. 인생에 있어서 첫사랑이나 직장으로 첫 부임지가 유독 기억에 많이 남아있는 것은 처음이기 때문에 자신의 모든 열정을 기울여 헌신하기 때문이다. 그리고 순수했던 시기이기 때문이다. 우리가 어린 시절로 돌아가고 싶은 귀향 본능은 그 순수했던 자신의 모습을 가장 사랑하기 때문이다. 두 작품에서 「놓친 열차는 아름답다」는 첫사랑은 이미 죽고 없지만, 그 친구와 미래를 함께 보내고 싶은 것은 그 친구와 공유된 아름다운 추억 때문이다. 또 「느티나무 꽃」에서 가장 순수했던 시절의 첫 부임지에서 제자가 만든 학교의 교장으로서의 부임은 그 순수했던 시절의 열정을 되찾을 수 있기 때문이다.

문학 작품, 특히 소설은 한 가공의 대상을 통하여 여러 가지를 되돌아보게 하는 작업이다. 과거 기억을 통해서 되돌아보는 공간은 바로 세계를 살펴보는 공간이기도 하다. 과거 순수했던 시절의 이야기는 몇 배의 효과가 크다. 되돌아봄은 그로 하여금 결국은 자기의 착각과 오류에 불과하다고 생각하는 의견들에 대한 체험을 한 눈으로 보게 한다. 이것은 삶의 진리를 찾는 데에 필수적인 조건이다. 소설은 그의 삶에 일어난 모든 것을 다 기록하는 글이 아니면서도 하나의 통일된 되돌아봄의 움직임을 유지한 데서 온다. 되돌아봄은 자전적 되돌아봄에서 더 강화된다. 이것은 스토리텔링이 대치한다. 그것이 삶을 관류하는 논리로 파악된다. 이것이 다시 일상적 자의식에 투입된다. 소설을 통하여 되돌아봄의 공간은 공감적 일치를 넘어서서 구체적인 타자만이 아니라 익명의 다수의 타자 그리고 거기에 대응하는 논리적으로 가능한 모든 관점을 포용하는 것으로 확대된다. 이것은 허구 세계에서 발생할 수 있는 특별한 평범함이다.

소설만이 가진 평범하면서도 특별한 사유나 방향성이 있다. 그것은 시대와 조우하는 것이다. 그러나 소설의 서사는 역사에서 보여주는 서사와 달리 매끈할 수가 없다. 비틀리고 일그러져 있다. 역사는 개인을 지워버리는 대신 소설은 개인을 새롭게 부각시키기 때문이다. 특별한 개인을 통하여 공감과 화해를 이끌어내는 것이다. 강준의 『오이디푸스의 독백』에서 이런 사유를 전형적으로 보여주고 있다. 현실이라는 역사의 흐름 속에서 가지고 있는 다양한 요인들에 의해 비틀어진 일상 속에서라도 조그마한 빛이라도 찾으려는 노력은 읽는 이의 마음을 따뜻하게 한다. 강준의 『오이디푸스의 독백』의 작품들에 나오는 인물들은 이 세상을 적극적으로 껴안으려는 인물들이다. 그런 인물일수록 세계를 통하여 받는 상처는 더욱 크다. 또 그들은 그들의 욕망이 사회에 대한 정당한 욕망이든, 인간의 원초적 욕망이든 아니면 뒤틀린 욕망이든 그것을 끝까지 이루려는 적극적인 자세를 보여준다. 욕망은 살아있음의 징표이면서 에로스이다. ✤

나무소설가선015

오이디푸스의독백

1쇄 발행일 | 2019년 07월 01일

지은이 | 강준
펴낸이 | 윤영수
펴낸곳 | 문학나무

문학나무편집 | 03044 서울 종로구 효자로7길 5, 3층
기획 마케팅 | 03085 서울 종로구 동숭4나길 28-1 예일하우스 301호
이메일 | mhnmoo@hanmail.net

출판등록 | 제312-2011-000064호 1991. 1. 5.
영업 마케팅부 | 전화 | 02-302-1250, 팩스 | 02-302-1251
ⓒ강준, 2019

ISBN 979-11-5629-090-2 03810

'이 책은 문화체육관광부, 제주특별자치도, 제주문화예술재단 기금을 지원받아 제작되었습니다.'